講談社文庫

ママ

神津凛子

講談社

目次

ママ

風が吹いている。

ひかりを自転車の後ろに乗せ、緑と光のシャワーを浴びた時と同じ風が吹いている。

頰《ほお》を照らす木漏《こも》れ日。目を瞑《つむ》り、空に顔を向けていたひかり。新緑のエネルギーを全身に受け、ひかりは生命力に溢《あふ》れていた。あの時、空はとても鮮やかな青色をしていた。

憧れの洋菓子店。その店の前を通る時、ひかりはいつも控えめに店内に目をやった。喰《く》い入るように見ないのは、わたしに気を遣っていたからだ。一度だけ、たった一度だけ、そこのケーキをひかりに買った。ひかりが口にすることはなかったけれど。

いつもわたしだけを吠《ほ》える蕎麦屋《そばや》の犬。あの時、あんなにもさみしそうに鼻を鳴らしたのは、もうひかりに会えなくなるとわかっていたからなのだろうか。

二人で飛び越えた水たまり。すべてのしがらみから解き放たれたわたしたちは完全に自由だった。

小さな手から伝わる命の温《ぬく》もり。

あの時わたしは確かにひかりと手をつないでいた。手を離したのはわたしだ。このわたしが。母親であるわたしが、この手を――。

＊

手が震えていた。

目覚めた時、真っ先に目に入ったのが組み合わさった両手だった。その手が、うねる黒い波の中で震えている。これはわたしの手だろうか？　左半身がひどく冷たい。

ここは――？　眠ってしまったようだが、ここは布団の上じゃない。硬い床の上だ。だから身体《からだ》が冷たいのだ。

床？　一体どうして――。

視界が開け、徐々に頭がはっきりしてくる。手繰《たぐ》った記憶で見えたものは――。

炸裂《さくれつ》した記憶が胸を貫《つらぬ》く。

「――」

ひかりの名を叫んだつもりが、喉《のど》から絞り出されたのは声ではなく痛みだった。

ひかり！

上半身を起こそうとするが、身体がいうことをきかない。ハッとして身体の前面を見ると、紐状のもので両手足を縛られている。

なに――。これは一体……

拘束を解《と》こうと手首を捩《よじ》らせるが、固いプラスチックのバンドは緩むどころかわずかな隙間さえ作らせない。

なに⁉

ここは⁉

パニックが襲う。

心臓が、独立した生き物みたいにものすごい速さで脈を打ち始める。耳の奥で、さあっという雨音のような血潮の巡りを感じる。

声も出せず、身体も思うように動かせない。唯一自由に動かせるのは目だけ。眦《まなじり》が裂けそうなほどに見開いた目で辺りを見渡す。

真上に裸電球がぶら下がっている。その灯《あか》りで部屋はぼんやりと照らされているが、光は弱々しく部屋の隅まで届いていない。スポットライトに照らされているのはわたしだけだ。

見えるのは黒いビニールが張られた床と壁だけ。身体を動かそうとする度にビニールが擦《こす》れる音がする。

なに——。なに!?

不安と恐怖で震えが全身に広がる。耳は、ハッハッと激しい息遣いを聞いている。再び視線を巡らせる。なにも変わりはない。暗闇がわたしを見つめ返すだけ。

丸めた両手を床につき体重をかけ、なんとか上半身を起こす。頭がガンガンする。きつく目を閉じ頭の痛みをやり過ごすと、全身に視線を走らせた。どこにも怪我はしていないようだし、着衣に乱れもない。

「——————」

喉が焼けつくように痛む。

「——ッ」

声にならない叫びは、わたしに痛みを与えるだけだった。

ひかり。ひかりは——。

「希望が欲しい?」

突然の声に身体が跳ねる。

誰!?

「理由が欲しい?」

声がするのは部屋の奥からだ。声の主の姿は見えない。でも、これは男の声だ。震える手足を引き寄せ、闇に目を凝《こ》らす。すると、足を組んでいるらしい裸足《はだし》の指先がぼんやりと見えた。

頭の中に警報が鳴り響き、震えが一層ひどくなる。

「両方欲しいだろうね」

宙に浮いている裸足の指先が弧を描き、黒いうねりに沈む。

恐ろしく長い沈黙。

顔も見えない誰かと、わたしは対峙《たいじ》している。口の中はカラカラで飲み込む唾液もないのに、喉仏が空しく上下する。

ベージュのチノパンに包まれた脚。開いた膝《ひざ》は、リラックスして座る人間のポーズに見える。

あそこに座り、わたしが目を覚ますのをじっと待っていたのか？

いつから？　わたしがここにいる間中ずっと？　そもそもわたしはどのくらいここにいるのだろう⁉

男が立ち上がる気配があった。

反射的に身体を退《ひ》く。

ゆっくりと脚が前後し、わたしに近づいてくる。

やめて――。来ないで。

わたしは目を見開いたまま身体をできるだけ縮こめる。

怖い！

男が足を止め、首から下がすっかり照らされる。

真っ白いワイシャツをチノパンにたくし込んだ裸足の姿。

「でも」

震えが止まらない。ガタガタと、歯の根も合わない。でも、男から視線を逸《そ》らすのは命取りになるような気がして目を逸らせない。

「どっちもあげられない。それってすごく、贅沢《ぜいたく》なことだから」

ゆっくりと、噛《か》んで含めるような口調だ。

「人は、理由と希望があれば生きていける」

ぬっと姿を現した男がわたしを見下ろす。

「そう思わない？　成美《なるみ》さん」

逆光で、男の顔は判然としない。目を凝らそうとするうちに、男が背を向けた。

わたしの名を呼んだ――。男は、わたしの名前を知っている。心臓が、ひんやりとした手で触れられたように凍《こご》える。それはきっと悪魔の手だ。

「成美さんにはどちらもない。それでも生きていかなくちゃならない苦しみがどんなものか、想像もできないだろうね。でも、安心して」

わたしは確信する。

男は、絶望の淵《ふち》にいるわたしを観察しているのだ。

「これからわかるから」

これからも観察し続ける——。

ひかり——ひかり！

「——ッ！」

どんなに声を発しようとしても、かすかな呻《うめ》きが漏れるだけだ。空気に溺《おぼ》れるみたいに。

わたしから遠ざかった男が振り向く。顔は見えない。

「水をあげてもいい」

顔は見えないのに、男が笑っているのがわかる。

「おとなしく、いうことをきいていればね」

すっ——と、男の姿が闇に呑まれる。

闇を凝視していると、ゴトゴトと大きな音が響いた。そして沈黙。

なにも見えない。なにも聞こえない。

闇の先は完全な静寂に包まれた。

出て行った――?

力が抜け、固まっていた身体が弛緩《しかん》する。無意識に呼吸を止めていたようで息が上がる。ぶり返した頭の痛みが、息をする度にひどくなる。

なにがなんだかわからない。

なに、なにが。わたしは閉じ込められたの?

拘束された手足を捩る。固いプラスチックの縁が皮膚に擦れ血が滲《にじ》む。

なにこれ、なんなの! 滅茶苦茶に力を入れても、皮膚に喰い込み、血が溢れるだけだった。

気配がしたような気がして咄嗟《とっさ》に暗闇に目をやる。闇は沈黙を保ったままだ。わななく身体から息を吐きだすと、こめかみに楔《くさび》を打ち込まれるような痛み。

落ち着け、落ち着け。考えるのよ。

拘束されているが、尻と足裏をうまく使えば移動はできそうだ。そう思った時、自分が裸足だということに気付く。靴は? 靴を履いていたはずだ。だってわたしは――。

わたしは団地前に呆然と立ち尽くしていた。なぜかといえば――。

頭の中で火の花が咲き、目の前が真っ暗になる。

頭にも心臓があるのではないかと思うくらいの拍動と痛みが、正常な思考力を奪っていく。声を張り上げようとしても、それも叶わない。

一体なにが。

あの男は誰？

ここは？

ひかりは？

ひかり――あれは夢？　わたしの記憶は確かだろうか。これも夢で、なにごともなくひかりと暮らしていた日々こそが現実なのでは？

『ほらね。おっちょこちょいはママでしょ』

ひかりの声だ。

その途端、頭の中の心臓が消え、全身の震えはひかりの温もりに包まれる。愛おしさで胸がつまり、滂沱《ぼうだ》と涙が流れる。

わたしは身体を横たえた。

希望の闇がわたしを迎える。ああ、闇はあたたかいのだ。

耳を澄ませば、ほら、まだ聴こえる。

見ててね、ママ――。

『ママ』

第一章

1

「ママ。ねえ、ママ！」

キャラクターが描かれた見にくい壁掛け時計に目をやると、予定の時間を十分も過ぎていた。

「ねえ、見て。見ててね」

「ちょっと待って、あとでね」

大体、あの時計が悪いのだ。丸い足の部分が7と8に被《かぶ》さるように描かれているので、寝ぼけまなこで見ると七時と八時を間違えてしまう。今日は絶対に遅刻できないのに。

「ねえ、ママ見てた？」

炊き立てのご飯で作るおにぎりは美味しい。でも、急いでいる今は――。

「あつっ！」

「ママ！　だいじょうぶ？」

蛇口をひねり冷水にさらすと、真っ赤になった手のひらがじんじんと痛む。

「ママ！」

肘《ひじ》まで捲《まく》った袖《そで》の部分を摑《つか》み、娘は心配顔でわたしを見上げている。

「大丈夫。ごめんね、ひかり。さっきのなあに？」

「いいの。ママ、ほんとにだいじょうぶ？」

わたしは手を拭くと、目線を合わせるために身体を屈《かが》めた。

「もう一度やってみせて」

ひかりはじっとわたしを見つめた後、ためらいがちに、

「しいちゃんがね、教えてくれたの……なんちゃってー」

『なんちゃって』に合わせて小さな手が独特な丸を形作る。今、流行っているお笑い芸人のネタらしい。

「上手だね」

ひかりは恥ずかしそうに――でも満足気に――微笑《ほほえ》んだ。

五歳の娘は、なにかというと『見て見て』とせがむ。できるだけそうしてあげたい

と思う。でも——。

「ごめんね、ひかり。ママ、今日は大事なお約束がある日なの。だから、急がないと」

ひかりは大人びた表情でうんうんと頷《うなず》く。身を翻《ひるがえ》した拍子に、さらさらの髪が肩の上で揺れる。居間へ駆けていくひかりの後ろ姿を見つめ、わたしは思う。ごめんね。あとでね。ちょっと待って。今は我慢して。——このセリフを、何度口にしたことだろう。ひかりはとても聞き分けがいい。裏返せば、ものすごく我慢させているということだ。

居間の折り畳み机に向かう娘の背中は頼りない。

あの小さな背中に、わたしはどれだけのものを背負わせているのだろう。

胸の痛みを無視するように、わたしは再び朝食の準備に取り掛かる。

2

場違いに大きな机が占拠している部屋を、切れかかった蛍光灯がチカチカと照らしている。

もし就職が決まったら、就職後もこの部屋に来る機会はあるのだろうか。この部屋は居心地がいいとは言えない。というより、むしろ――ここには居たくない。リノリウムの床はベージュなのに、どんなセンスの持ち主が選んだのか、壁は毒々しい緑色だ。

この部屋は、馴染《なじ》みのないにおいに満ちている。

「――ふうん」

机の向こうで、黒縁の眼鏡をかけた店長は履歴書に目を落としている。なにかに納得しているのか、それとも癖なのか、いちいち頷き吐息のような声を発している。身に着けているワイシャツが生成《きな》りのような色なのは、元々の色というより洗濯の仕方が悪いのか。

頭皮を、申しわけ程度に覆《おお》う髪。たるんだ顎《あご》。五十代半ばくらいに見える。

じっと見ているのも失礼かと思い、そっと部屋を見渡す。見るべきものはほとんどない。青汁色の壁に掛けられた額入りの絵くらいか。なにが描いてあるのだろう……ぐるぐると、カラフルな渦のような、でも、見ようによっては人の顔に見えなくもないような……。

「どう？　それ」

突然店長が話しかけてきたので、わたしは硬いソファから飛び上がりそうになった。

「その絵。いいでしょ」

「え？　ええ、そうですね」

「それね、僕が描いたの」

はあ、と気の抜けた返事をすると、店長は、

「人間の裏の顔っていうのかな。憎しみとか嫉妬とか、ドロドロした感情ってあるでしょ。普段は静かにしてるけど、突然噴火するマグマみたいな感情がさ。それを表現したの」

わたしは曖昧《あいまい》に笑った。それに満足したのか、店長が話題を変えた。

「で。ええと……お子さんがいるのね、保育園児の」

カラフルな感情を持つ店長が、頷くのを止めた。履歴書の上を、小さな目が往復している。それが意味することは嫌というほどわかっている。次に、その目がわたしに注がれることも。

「ええと――」

店長の、検分するような目に困惑の色が浮かぶ。わたしはそれを正面から受け止めると、訊かれるであろう質問に先回りして答える。

「結婚はしていません。未婚で娘を産んだので。ちなみに身寄りもありません。もし生きているなら母がいますが、蒸発した母の生死を調べるつもりもないのでわかりま

せん。男手一つでわたしを育ててくれた父も十年前に他界しました」

呆気にとられた様子の店長が、まじまじとわたしを見つめる。そんなことまで言わなくても——丸顔にはそう書かれているが、後々詮索《せんさく》されるほうがややこしく、しかも気分が悪くなることは経験済みなので、初めに伝えたまでだ。

「——ああ、そう。それは……大変だったね」

店長は気まずそうに言うと、再び手元に視線を戻した。もう知るべきことはないだろうに。

「年齢不問、経験不問とありました。シングルマザーで身寄りがないと雇っていただけないのでしょうか」

広くなった額に片方の眉尻が喰い込む。驚きに瞠《みは》られた目が、眼鏡の奥で光った。

息を吸い込むと、わたしは立ち上がった。

「極力ご迷惑をおかけするようなことはしません」

わたしは深く腰を折る。言葉通りの想いを込めて。

「お願いします」

店長に強く出たのは、なんとしても職を得るためだった。これまで勤めていた職場は流れ作業の工場だったが、不況の煽《あお》りを受けて半月前に倒産した。

わたしは四十二歳、無資格のシングルマザーだ。自転車で通勤でき、保育園の送迎を考慮すると職場はここ以外考えられなかった。

ガラでもないことをしたためか、胃がしくしくと痛む。悩みごとや嫌なことがあるとすぐに胃にくる。父もそうだった。この体質は父譲りなのだろう。父は、痩《や》せた、顔色の悪い男だった。一見すると神経質とも思われる風貌《ふうぼう》だが、それは精神的な弱さゆえのものだ。言われたことを聞き流すことができず、百パーセント真に受けてしまう。人々の中には、とても細かいフィルターを持ち、心に有害な情報を侵入させないようシャットアウトできる人たちがいる。しかも、思い出したくない出来事を忘れる、という技を併せ持つ稀有《けう》な人も存在する。

わたしも父も、そういう人たちとは真逆にいた。

心が傷だらけになるだけだとわかっていても、言われたことを聞き流せない。考えても仕方のないことでもくよくよと考えることを止められない。「似なくていいところが似ちまうもんだなあ」生前、父はよくそう言った。憐《あわ》れむような、呆《あき》れたような口調で。

久しぶりに父を思い出したら、急にひかりに会いたくなった。一緒にいると、イライラしたり息が詰まる瞬間もあったりするのだが、離れてしばらくするとどうしているか心配になり会いたくなる。わたしだけがこうなのか、親というのは皆こうなのか、親も兄弟もなく、友人もほとんどいないわたしにはわからなかった。登園して間もないけれど、迎えに行こうか。

そう考えたところで、それよりもひかりの大好きな春巻きを作って待とうと思い直す。そうだ、そうしよう。団地近くのスーパーへ急ぎながら、これからは勤め先になるスーパーで社割が利くのかしら——などと考える。足取りは軽い。

一パック三百九十円。手に取ったまま、鮮魚売り場で軽く三分は固まっていた。わたしが作る春巻きの材料は、安いもやしと春雨がほとんどだ。特別な時だけ、ひかりの大好物のエビを入れるのだが、今回は……わたしの就職先も決まったことだし、たまには贅沢をしてもいいだろう。

でもやっぱり、一度の買い物で二千円は高すぎた。

帰り道、さほど重くないレジ袋を提《さ》げながら気持ちは重く沈む。エビはやめておくべきだったか。でも、春巻きの断面にエビを見つけた時のひかりの嬉しそうな顔。あれが見られるのなら安いものかもしれない。

考えても仕方のないことで、またくよくよしている。気付くと、年季の入った黒のパンプスばかりが目に入る。入園式の時に買った吊るしのスーツは、卒園式にも着られるように黒を選んだのだが、明るい色のスーツを纏《まと》う母親たちの中で「若めの祖母」然としたわたしは相当浮いていただろうと思う。

もういい加減にしよう。そう思い顔を上げた途端、間近に男が——男だと認識する一瞬の間はあった——迫っていて、立ち止まる余裕もなく激突した。弾《はじ》かれた身体が宙を泳ぐ。あっと思った時には硬いコンクリートの地面に倒れこんでいた。痛みより驚きが先に立ち、立ったままの男を見上げた。

ニット帽を被った若い男はキョロキョロと地面に視線を這《は》わせると、屈んでなにかを拾い上げる。その姿勢のまま、手の中のものをためつすがめつしている。スマホだ。落下の衝撃で故障していないか確認しているようだった。

呆然とその光景を見ていると、ふいに若者がこちらに顔を向けた。

「チッ……ババアが」

無表情が嫌悪にすり替わったと思うと若者は立ち上がり、何ごともなかったかのようにその場を後にした。その後ろ姿を見るともなく眺めていたが、若者は一度も振り返らなかった。

ようやく我に返ったわたしは、ぶつかった拍子に手から吹っ飛んだ買い物の品々を拾い始めた。

もやし——春雨——あれ、なんだか右の足首が痛い。キャベツ——ネギ……ネギは見るも無残に、青いところから上がへし折れていた。エビ、エビ。大事なエビは――ラップが破れて、パックから中身が飛び出している。その場に膝をつこうと姿勢を変えた瞬間、足首に痛みが走る。でもそれより、エビを――。

「うえ！　あれ食べるの」

すぐ近くで男の子の声。

「しっ！」

子どもを窘《たしな》めたのは母親だろう。羞恥心《しゅうちしん》と気まずさでわたしは顔を上げることも、エビを拾う手を止めることもできなかった。

「だってお母さん、拾ったものは食べちゃいけませんって言うじゃない。大人はいいの？」

母親は、彼女なりに配慮したらしい声のボリュームで息子の問いに答える。

「お母さんは拾ったものなんか食べませんよ」

「じゃあ、あの人は？　あの人はいいの？」

見なくても、その子がわたしを指さしているのがわかった。

その問いに、母親は押し黙った。拾う手が、無意識に遅くなる。

鋭い一言が飛んだ。

「犬にでもあげるんでしょう」

その一言はわたしの心を凍《こお》らせた。

「犬？　じゃあ今度、カルロスにも拾ったものを食べさせてもいい？」

母親はじれったそうに、

「うちのカルロスは決まったものしか食べません。もう、いい加減にしなさい！」

と窘めるが、子どもは納得しないようで、

「カルロスはボルゾイだから？　あの人の飼ってる犬はいいの？　ミックスなの？」

「もう！　行きますよ」

母子はわたしの横を通り過ぎる。強引に手を引かれたらしい園児服の子どもは抵抗するように振り返る。わたしと目が合う。その子の目は雄弁に語っていた。

わたしを見るその目は、動物を眺めるそれだった。

拾ったものは食べちゃいけません。

犬にでもあげるんでしょう。

ガサガサ、ガサガサ。

レジ袋が無料でもらえなくなって久しい。使い古したレジ袋は、なぜだか新しい袋よりさらに音が鳴る。それと同じくらい、わたしの心もカサついている。足首は体重をかけるとしくしくと痛んだ。

エビは全部拾った。膝を擦《す》りむいたようで、ストッキングが破れて血が出ている。

家に帰ったら消毒をしないと。ネギの青い部分も勿論拾った。スーツは無事だった。土埃の汚れはあったが、擦れたり破れたりはしていない。パンツスーツだったら、膝に穴があいていたかもしれない。来年は入学式だ。買い替える余裕はない。エビは全部――。

――犬にでもあげるんでしょう。

子どもの頃から、家が裕福でないことはわかっていた。父は家族を支えるため懸命に働いたが、浪費癖と身持ちの悪い母を繫《つな》ぎ止めておくには、不器用な愛情とこれといった取り柄のない子どもだけでは足りなかった。わたしが十一歳の時、母は消えた。

山梨で暮らしていたわたしたちだったが、母の蒸発後、口さがない人々の嘲笑《ちょうしょう》の的になり、転居を余儀なくされた。嘲笑されるのは夫と子どもを捨てて行った母のはずなのだが、周囲は残されたわたしたちに好奇の目を向けた。その上、母は一人で蒸発したわけではなかった。同じ町内の、しかも家庭持ちの男と逃げたのだ。母が男を誑《たぶら》かしたせいだと相手の妻が家に怒鳴り込んで来て、わたしたちは散々な目に遭った。

母のせいで学校でもずいぶんといじめられた。子どもは残酷だ。オブラートに包むことを知らない。事実を悪びれずに口にする。それが、どれほど威力を持っているかなど考えもしない。中には言葉が凶器になることを知りながら、あえてそれを振りかざす者もいた。そういう人々から心を守る術《すべ》もなく、わたしたちは故郷から逃げ出した。

トラック運転手だった父は、福井に居た知人と運送会社を興《おこ》した。数年は平穏な日々が続いたが、それも、その知人が会社の金を持ち逃げすることで終わった。借金を背負った父は、それまで以上に働いた。石川、新潟に流れ、わたしが三十二歳の時、父は長野で最期を迎えた。

そんな生活だったから、ふるさとと呼べるところも、心を許せる友人もわたしにはいない。

そして、今——一般家庭より貧しい暮らしをひかりに強《し》いているのはわかっている。そうさせているのがわたしのせいだということもわかっている。けれど——。

——犬にでもあげるんでしょう。

貧しさは恥ではない。恥じるべきは他人と比べてしまう己が心だ。卑下して落ち込む心こそが恥であり、懸命に生きることは決して恥ではない。それでも——。

——犬に——。

見知らぬ他人に言われた一言が、こんなにも鋭く心を抉《えぐ》る。こういう傷は容易には塞《ふさ》がらない。いつまでもじくじくと熱をもって膿《う》み、痕《あと》を残す。

家は、千曲川《ちくまがわ》沿いにある団地の三階だ。名称はそのまま「千曲川団地」。団地とは名ばかりの一棟だけの古ぼけた建物だ。

エレベーターを備えていない、五階建ての三階に住めたことはまだ幸運と言える。それでも毎日上り下りするのは——近頃はめっきり減ったが、ひかりを抱っこしたりおんぶしたりして上り下りするのは——わたしには重労働だった。

いつ見ても冷え冷えとした印象の団地は老朽化のせいもあり、薄暗い時間帯には廃墟に見えなくもない。コンクリートの外階段にはヒビが入り、黒々とした染みがいたるところにあった。階段を上がると、左右に一戸ずつ現れるのが重い鉄製の扉。クリーム色のその扉は、年月を経て黄土色に変色し、錆《さ》びが浮いている。開閉の度にギイギイと耳障りな音を立てるせいで、ドアを開ける度、お向かいさんに外出と帰宅をお知らせしているようなものだ。

お向かいには高齢女性が住んでいて、団地の半分以上は空き部屋だった。

団地裏は堤防道路になっていて、その向こうに千曲川が流れている。各階を繋ぐ踊り場は半分外に張り出しており、腰の高さのコンクリートの柵から覗《のぞ》くと表が見える。団地にはわずかながら庭のようなものが存在し、住人が自転車を置くなど物置代わりに使っていた。

団地前の道路を挟んで小さな会社と空き家、あとは田んぼが広がっている。川の近くということもあり、夜になると辺りは怖いくらい静かだが、田んぼに水が入ると途端に騒がしくなる。それまで姿を見なかったのが不思議なくらい大量のカエルが合唱を始めるのだ。時を同じくして、団地のあちこちにカエルが姿を現す。ひかりは昆虫の類《たぐい》を全く怖がらない。カエルも好きで、よく捕まえて遊んでいた。もうすぐ、そんな季節がやってくる。

息を切らし階段を上る。レジ袋がガサガサ鳴る。血の滲んだ膝が目に入る。黄土色の扉がギイギイと音を立てる。

ようやく家に帰り着いた。

小振りなダイニングテーブルに袋を置くと、エビのパックを取り出す。早く、洗っておかないと。狭いシンクでエビを洗う。細かな砂を取り除く。

――犬にでもあげるんでしょう。

貧乏は恥ではない。

――犬に。

なにかが胸に弾ける。黒いスーツの胸元を見ると、小さな点の存在に気付く。いつの間にか涙が流れ落ちていた。後から後から涙は溢れる。すれ違いざまに切られた傷は思ったより深かったようだ。こんなのはすぐに抜ける棘《とげ》のようなものだと思い込もうとしても、傷口からは鮮血が迸《ほとばし》る。悔しくて悲しくて、胸に弾ける雫《しずく》はしばらく止まりそうもない。どんどん点が増えていく。

涙は染みにならないかしら。

こんな時にもスーツの心配をするわたしは――。

そうか、そうなのか。

わたしは犬並みなのか。

本当のことを言われたから、こんなにも胸に刺さるのか。

そう言えば、傷の手当てもしていない。水を止める。体勢を変えた拍子に足首に激痛が走る。思わず蹲《うずくま》り、右の足首に手をやる。気を張っていたせいか家には帰り着いたけれど、ニット帽の男とぶつかった時に痛めたところだ。こんな時期にもニット帽か。わたしが若い時には、毛糸の帽子を被るのは冬と相場は決まっていたのに。いつ、変わったのだろう。変わったのは世間か、わたしか。

いつからわたしは変わったのだろう。一体、いつから。

足首は痛むし、膝の消毒もしなければ。スーツ。なによりスーツを脱がないと。

ふふっ、と笑いが漏れる。わたしは笑いたいのか泣きたいのか。

きっと両方だ。

3

スーパーでは、惣菜を作る部門に配属された。月曜から金曜、午前七時半から四時半までがわたしの勤務時間だ。

店長の話では、総勢六人の女性が働いているそうだが、勤務時間が重なるのは半分だ。

「後藤《ごとう》成美です。惣菜作りの仕事は初めてなので、ご迷惑をおかけすることもあるかと思いますが、精一杯頑張りますのでよろしくお願いします」

挨拶後、わたしは深々と頭を下げた。パチパチとまばらな拍手を受けて頭を上げると、好意的な眼がわたしに注がれていた。それに勇気づけられ、ほっとする。

「後藤さん、惣菜作りは初めてで、えー……これまで飲食店にも勤務経験はないのだけれど、やる気は人一倍あるように感じられ、みなさんにもプラスの影響を与えてくれるものと思い採用しました。基本的に午前シフトで組んであります。というのも、お子さんが……えーと……年少さん？」

今日も生成りのワイシャツを着た店長が、確認するようにわたしを見る。

「あの、年長です。五歳の娘です」

「そうそう、年長の娘さん。保育園のお迎えの関係で、午後のシフトだとキツイということで、早出中心にお願いしてあります。まあ、みなさんもお子さんがいるからわかると思うけど――」

突然、店長が黙り込む。不思議に思って隣にいる店長を流し見ると、その顔に「しまった」――そう書かれているような気がした。場の空気も張りつめたものに変わった。ちょっとでも動けば頬が切れるほどに。それを断ち切ったのは、若く可愛らしい女性だった。

「気を遣わないで下さい、店長。みなさんも。私は平気なので」

そう言って笑った。さらに、女性は言った。

「あの……私、不妊治療中で。治療を始めて三年になるんですけど、なかなか授からなくて。それでみなさん気を遣ってくださって――あ、自己紹介もまだなのにこんな話。ごめんなさい、私、渡辺奈穂《わたなべなほ》です」

なにを言うべきかわからず、わたしはただ頭を下げた。

「えー、みなさん、お互いに助け合ってね、益々《ますます》活気ある職場にしていきましょう。じゃ、あと小林《こばやし》さんよろしく」

黒縁眼鏡のフレームをせわしなく押し上げながら、店長は逃げるようにその場を後にした。小林と呼ばれたのは、痩せた女性だった。

「小林です。店長から聞いていると思いますが、もう一度確認します」

そう言って、勤務体制、衛生面などの規約を一通り説明する。説明を受けながら、この人の下で働くのは、きっと心強いだろうと思う。

顔貌が厳しそうに見えるのは痩せているせいだろう。実際指導が厳しくても、はじめての仕事をするわたしにとっては有難い話だ。

小林さんの説明が終わると、最後の一人が自己紹介を始めた。

「木村《きむら》もなみです」

背の高い女性だ。わたしは決して小柄な方ではないが、彼女のことは見上げるほどだ。

「四十一歳、ここには三年お世話になってます。よろしく」

わたしが老けているというのもあるが、とても同年代には見えない。彼女の素肌のようにも見える健康的な肌には、皺《しわ》もシミも見当たらない。上がり気味の目は、意志の強さを感じさせる。

見ていて気持ちのいい、開け放しの美しさを持つ女性だ。

「円滑に回るよう私がフォローしますが、みなさんの協力もお願いします。仕事にかかりましょう」

小林さんが締めの挨拶をする。

「これからよろしくね」

木村さんが言う。わたしが笑顔で応じると、彼女はひまわりのような笑顔を咲かせた。


午後四時半。初日の勤務を終え更衣室で帰り支度をしていると、後から入って来た木村さんが言った。

「これから保育園のお迎え？」

「はい」

「この辺だと、ちくま川保育園？」

「はい」

「あー、うちも通ってた。懐かしい。あそこ、駐車場狭くて送迎大変じゃない？」

「いえ、わたし、自転車なので」

「ああ、家も近いんだ」

「家は千曲川団地です。ちょっと距離がありますけど、慣れれば――」

「え、待って。待って待って。千曲川団地って言った？　そこから通ってるの？　自転車で？」

いつの間にか距離をつめてきた木村さんがわたしを見下ろしている。

「そうですけど――」

「ちょっとじゃないでしょ、かなりの距離だよ。え、ここにも自転車で通うの？」

わたしが頷くと、木村さんはぐるっと目玉を回してみせた。

「すごい。ダイエットのため？　スタイルいいのはそのせいか」

「いえ、あの――」

「いやー。最近さ、ていうか三十過ぎた辺りから？　お腹と背中の脂肪が落ちない落ちない。体重は変わらないのに、胴体とお尻だけどんどん肥えちゃって。不思議だよね」

無意識に木村さんの全身に視線を走らせる。白い作業着を身に着けていても、彼女がすらりとした体形なのがわかる。

「充分スリムだと思いますが――」

「ありがと、成美ちゃん。あ、成美ちゃんて呼んでいい？　お世辞でも嬉しい。息子に聞かせてやりたいわ」

「息子さん？」

「そ。『お母さん、背肉がすごいよ』『お腹にタイヤがついてる』とか、散々言われてるの」

「おいくつなんですか」

「息子？　もうすぐ十八」

しばし固まったわたしを見て、木村さんは慌てた。

「待って待って。なんか想像してる？　違うよ？　一緒にお風呂とか入ってないよ？　裸なんか見せたの、小学一年生くらいまでで――」

「いえ、そうじゃなくて」

「え？」

「大きなお子さんがいらっしゃるようには見えなくて」

木村さんは四十一歳という実年齢より若く見えるが、作業帽を取り、茶色で艶《つや》のある髪を下ろした今はなおさらだった。赤ちゃんを抱いていてもまったくおかしくない。

「問題ばっかり起こす息子だけどね……て、なんの話してたんだっけ？　そうだ、成美ちゃんのダイエットだ」

「え？」

「自転車漕《こ》ぐのって、脚にききそうだもんね」

「あの、わたし、車持ってなくて」

今度は木村さんが固まった。

「え？」

木村さんの反応はもっともだ。都会と違い、わたしの住む地域では車がないと生活に差し障る。だから、車はあって当たり前、一人一台が当然の感覚なのだ。

「余裕がなくて」

なにやら考え込んでいた彼女は、

「そっか。ないのか。でも、かえっていいのかも」

と、明るい口調で言った。

「ほら、長野で車生活してるとさ、ほんとに歩かないのよ。玄関から車まで、車から職場まで。駐車場から数十歩。下手すりゃ数歩。あとは家の中ウロウロするくらいじゃない。あたしは職場で立ちっぱなしでいるけど、それって歩くのとは違うし。健康と美容のためには車がない方がいいのかも」

きらきらした瞳の木村さんは、本気でそう言っているようだ。

「でも、重い物買った時とか大変じゃない？　お子さん連れてだとなおさら。そういう時は言って。乗せてくから」

「いえ、そんな――」

「気にしなくていいよ。家、千曲川団地方面だから。あ。旦那さんがやるのか、そういう重労働は。ごめんね、うちシングルだからさ、自分基準でもの言っちゃうんだよね。お節介だってよく言われる」

――シングル。

「あの、わたしもです」

「え？　成美ちゃんもお節介なの？」

「いえ、わたしもシングルマザーです」

きょとんとしていた木村さんの顔が、ふわりと柔らかく花開いた。

「そっか」

ああ、こういう人好きだな。すっと、心に入ってこられる人。

わたしはこの歳になっても人見知りで、面白いことを言って人を楽しませたり笑わせたりすることもできない。木村さんのように、明るくて自然体な人に憧れる。

弱々しい冬の陽射しがわたしだとしたら、彼女は真夏の太陽のような人だ。

人は、決して成《な》れないものに憧れるのだろう。

「そっか」

木村さんはもう一度そう言うと、眩《まぶ》しいばかりに笑った。

4

早出の利点は終業が早いところだ。午後五時にはひかりを迎えに行ける。仕事終わりに買い物を済ませられるところも利点の一つ。前の職場は終業が午後七時近くだったので、帰宅してからは目の回る忙しさだった。

今の職場は朝が早いので、わたしは夜、洗濯をする。

脱衣所兼洗面所で、ひかりが穿《は》いていたズボンのポケットに手を突っ込む。よく確認しないとティッシュやゴミが入れっぱなしになっていることがあるからで――やっぱり。

「ひかりー、ポケットに粘土入ってたよ」

居間でお絵描きしているひかりが悪びれた様子もなく「ごめんなさーい」と言うのが聞こえる。今は何を言っても無駄か。

ひかりはお絵描きが大好きだ。カラフルな色がひかりの小さな手をいつも汚していた。その手でわたしの袖を引いて呼ぶので、わたしの服はいつも肘の部分が汚れている。

それにしても。

「最近の粘土ってカラフルなのね」

ひかりのポケットから出て来た粘土はピンク色で、乾いてから入れたらしく、生地に張り付いていなかったのが幸いだった。

「なにを作ったんだろ」

人差し指と親指で挟み、目の前に持ち上げる。五センチほどの塊は、ネコか犬か――なにか動物の形に見えた。ひかりが作ったものを捨てるのが忍びなく、わたしは洗面所の上に正体不明の作品を置いた。それから、「なにを作ったの？」とひかりに訊いた。しばらく間があってから、「おそば屋さんの犬」という返答があった。

居間の机に向かっているひかりを後ろから覗くと、白い紙に色鉛筆をはしらせていた。鮮やかな虹の下で、ウインクしているひかりと、笑顔のわたしが手をつないでいる。足元には色とりどりの可愛らしい花々が咲いている。

ひかりの作ったもの、描いたものはできるだけ残すようにしている。保育園で作ってきたものはもちろん、こうした家でのお絵描きも、『思い出ボックス』と名付けた、百円ショップで購入した箱に入れておく。たった一年でも、子どもの成長は目を瞠るものがあり、お絵描きにもそれがうかがえるのだ。――そんな理由をつけなくても、ただ単にひかりの描いたものが可愛らしくて捨てられないだけかもしれない。

ひかりは、後ろにわたしが立っているのも気が付かないようで、なにか歌っている。テレビコマーシャルの歌だ。しかも、セリフまで真似ている。

ひかりの隣に腰を下ろし、わたしも色鉛筆を手に取る。

「ママ、それ、お馬さん？」

ひかりが、真面目な顔で訊いてくる。

わたしが描いているのは、どこからどう見ても――。

「犬よ」

「犬？」

わたしが心外に思うほど、本気で驚いた口調のひかりは、わたしが描いた犬の絵をまじまじと見つめる。

「こんなにあしの長い犬、いるの？」

「そりゃいるわよ。すらっとした、かっこいい犬が」

眇《すが》めた目をわたしに向けると、

「おそば屋さんの犬はこんなにあし長くないよ」

「あそこの犬は柴犬だもの」

「それに、ヒゲが白いよ」

「それはおじいちゃんだから」

「おじいちゃんになるとヒゲが白くなるの？」

「ヒゲだけじゃなくて、睫毛《まつげ》も白くなるよ」

「人間も？」

「人間も」

ひかりは不安そうな顔で、

「ママも？」

「え？」

「ママも、白くなる？」

と訊いた。

「ママも。だってママの髪、もう白くなってるでしょ。ちょこちょこっと、眉毛も白くなってるよ」

白髪が出始めたのはひかりを出産してからだが、ここ最近増えてきている。時々市販の白髪染めで染めているが、もっと頻繁にやらないとだめかもしれない。髪は覚悟していたが眉毛に白髪が混じっているのを見つけた時はさすがにショックだった。

「ママ、おばあちゃんになるの？」

これは一大事だ！　どうしよう！　ひかりの顔にそう書いてある。

「うん。おばあちゃんになるよ。でも、ママだけじゃない。みんな、そのうちおじいちゃん、おばあちゃんになる。それが普通なの」

ひかりが、小さな胸の内でなんとか折り合いをつけようと苦心しているのがわかる。

「ひかりの気持ちはわかるよ。ママはいつまでもこのままで、おばあちゃんになるのなんて考えられないよね」

うんうんと、ひかりは頷く。

「人間は、生きていれば必ずおじいちゃんおばあちゃんになる。髪や眉毛が白くなって、お顔も皺でいっぱいになる。若いままではいられないし、元には戻らないの。でも、それでいいのよ。それまで一生懸命生きてきた証拠だから。そしていつか、天国へ行くの」

「天国って――パパがいるところ？」

ひかりは箪笥《たんす》の上の写真立てを見上げる。ひかりの父親が笑っている。

わたしが頷くと、ひかりはほっと息をついた。

「それで、一緒にくらせるんだね」

ひかりの目がいっぱいに開かれる。

「パパ、わたしのことわかるかな？　気付いてくれるかな？」

「ちゃんとわかるよ。それに、もしわからなかったらママがパパに教えてあげるから大丈夫」

「ママが？」

「そう。ひかりより先に天国に行ってるママが、パパに教えてあげる」

ふいに、ひかりの顔が真剣になる。

「ママは先に天国に行くの？　わたしと一緒に行くんじゃないの？」

その瞳には切羽詰《せっぱ》まったものがある。

「ママ、いなくなっちゃうの？」

生まれた時から父親のいないひかりにとって、天国は「会えない」人たちのいるところ。そして「会えなくなる」人が行くところ。幼いひかりなりの「死」の解釈だ。

「いつかはね」

「そんなのやだ！」

ひかりの目に、みるみる涙が溢れる。

首を振った拍子に、雫がきらりと舞う。

「やだ！」

両手で、震えるひかりの肩を包む。

「ひかり」

ひかりは顔を背《そむ》けたまま。

「ひかり、聞いて」

顔が見えなくても、ひかりがわたしの話に耳を傾けているのがわかる。

「ママがひかりより先に天国に行くのは幸せなことなの」

ひかりの震えが止まったのが、両手を通して伝わる。真剣に、わたしの話を聞いている。

「人も動物も、いつ天国に行くのか、それは誰にもわからない。病気や、事故や、悪いことに巻き込まれるかもしれないから。でもね、ひかり」

涙を湛《たた》えた瞳がわたしを映す。

「なにが原因にしろ」

ひかりの眉間にぎゅっと皺が寄る。

「ママは幸せだった。ひかりには、わかってほしい。ママは幸せだったんだって、そう思ってほしい。ひかりのママになれて。大好きなひかりが大きくなるのを見られて。ひかりより、先に天国に行けて」

「どうして？　どうしてわたしより先に天国に行くのが幸せなの？」

ぽろぽろと涙をこぼしながらひかりが訊ねる。

「ママより先にひかりが天国に行くなんて、そんな不幸はないから。それ以上の苦しみはないから。きっと、自分が死ぬより辛いから」

五歳のひかりには難しい話だ。でも、ひかりは理解しようと努力している。

「ママのお父さんは、ずっと前に天国に行っちゃったけど、それでもママは大丈夫だったし、ママのお父さんも、ママより先に天国に行けたことは幸せだったと思っていたはず」

ひかりが、固く結んでいた唇を開いた。

「パパも――？」

「え？」

「わたしのパパも、幸せだった？」

胸が、ぎゅっと苦しくなる。

「そうね。――でも。パパはきっと、ひかりに会いたかったと思う。一目でいいから、ひかりを見たかったと思う。ひかりを抱っこしたかったと思う」

わたしは写真立てを見上げる。なにも知らないひかりの父親が笑っている。

「とってもとっても、会いたかったと思う」

ひかりを抱き寄せる。甘い匂いがする。

わたしの手は――。

「大丈夫。ママはすぐにいなくなったりしない。ひかりが大きくなるまで、そばにいるよ。大丈夫」

わたしの手は、ひかりを育てるためにある。

ひかりを守るために。

いる。

「あら。今朝も早いね」

朝は忙しい。忙しいのに。

「おはよう、ひかりちゃん」

お向かいの三田《みた》さんだ。ひかりを見下ろすその顔は、しっかりとメイクが施《ほどこ》されて

5

四月上旬。長野は春の訪れが遅く、そしてあっという間に去ってゆく。気付くと梅雨になり、すぐに短い夏が来る。

ここ数日花冷えの日が続き、ブラウス一枚で過ごせる気候ではない。ひかりには長袖のTシャツの上にもえぎ色のカーディガンを着せていた。朝のこの時間はまだ寒い。わたしはカーキのマウンテンパーカーを羽織っている。三田さんは、ふわふわとした生地のガウンのような物を肩にかけ、枯れ枝のような腕を薄い胸の前で組んでいたが、腕の向こうはテラテラした肌着一枚なのが見て取れる。

場末のスナックのママ。わたしが勝手に抱いている三田さんのイメージだ。

ただし、高齢の三田さん（確かな年齢は知らないし、本人は決して口を割らない）

は無職のようだ。

「おはようございます」

ひかりがぺこりと頭を下げる。

「まあー、お利口。ひかりちゃんは、本当にいい子だね。こんなにいい子、見たことないよ」

感心しきりといった様子で、三田さんは肩にかけていたガウンのポケットに手を突っ込む。飴《あめ》を取り出すために。それが飴だとわかるのは、もうここ数日同じことが続いているからで――。

「はい、飴ちゃん」

ひかりの顔が嬉しそうにほころぶ。それを見て、三田さんの赤い唇が満足気に横に引かれる。わたしは、ひかりを隠すように立つと、

「あの――毎朝有難いのですが、ひかりはムシ歯になりやすいので、飴はちょっと――」

あからさまに気分を害したとわかる表情を浮かべると、三田さんは再びポケットに手を入れる。

「じゃあ、はい、これ」

三田さんが取り出したのは袋に入ったビスケットだ。

「あの――」

「ありがとうございます」

いつの間にかわたしの横に移動したひかりが頭を下げた。

「きちんと挨拶できて、えらいね。行っといで」

「行ってきまーす」

何も言えなくなったわたしは会釈し、ひかりと階段を下った。団地を出ても、しばらくは落ち着かなかった。

張り出した踊り場から、三田さんがこちらを見ているのを感じたから。

千曲川団地に住むようになったのはひかりがお腹にいる時だが、その時お向かいさんは別の人が住んでいた。空き部屋になったのは半年前。三田さんが越して来たのはつい最近だが、引っ越し直後からわたしたちに関心を向けてきた。団地の人たちとは挨拶程度の付き合いしかしていなかったし、これまで住んでいたアパートや団地でも三田さんのように積極的な付き合いを求める人はいなかったので、わたしはいささか困惑していた。

ひかりが産まれる前までは、子育てには愛情と責任があればいいのだと思っていた。

しかし、それ以上に必要だったのは体力と周囲への配慮で、特に子どもを煩がる大人に対しては相当神経を消耗した。わたしたちの部屋の上階、真下の部屋の住人には特に気を遣って生活してきた。

泣き声——特に夜泣きする時には苦労した。ひかりが走り回る足音。癇癪《かんしゃく》を起こした時の声。

住人に、面と向かって「うるさい」と言われたことはないが、子どもを歓迎している雰囲気もなかった。

「魔の二歳児」という言葉があるほど手がかかった、二歳の時。病院やスーパーで大泣きされたことがある。なにをしても効果はなく、泣き止ませることができなかった。スーパーでは会計の最中で連れ出すわけにもいかず、床にひっくり返ったひかりは泣き叫び、冷ややかな視線と聞こえよがしな悪口に、汗が止まらなかった。病院では、待合室を埋めていた顔が一斉にこちらに向けられた。わざとらしい咳払い、舌打ちに追い立てられ、慌ててその場から連れ出したが、外は大雨で大変だった。

子どもがいると周囲の人は優しくしてくれるのではないか、という妄想は正に妄想だった。

子どもが大泣きすると、大抵の大人は白い目を向ける。「躾《しつけ》がなってない」「どうして泣き止ませないんだ」「しずかにしろ！」それは、なぜか高齢の人に多かった。自身に孫はいないのか、いたとしても、言いなりになる子どもなのか。

誰も彼も、自分にも幼少期があったことを忘れ、泣き声を上げたことを忘れ、誰かの手と寛容な心で育《はぐく》まれたことを忘れ、自分本位に生きているように見える。自分さえよければいい。自分と、自分の家族さえ安寧に暮らせたらいい。自分にとって悪影響と判断したものは近づくことさえ許さない。どこか他所《よそ》でやればいい。

そんな世の中で気にかけてもらえることは本当に有難いことだと思う。感謝はしている。してはいるのだが。

始まりは三田さんの引っ越しの日だった。挨拶に来た彼女は滝のような質問を浴びせてきた。いつからここに住んでいるのか、何人家族なのか、勤め先はどこでいつが休みか、子どもは何歳でどこの保育園に通っているのか、どうしてシングルマザーなのか。答えにくい質問には笑顔で受け流そうとしたが、彼女は納得しなかった。

次に質問攻めにあったのは、可燃ごみの日だった。わたしがドアを開けた時、錆びたドアの開閉音を聞きつけたらしい三田さんが飛び出して来た。以来、ドアを開ける度に三田さんが姿を現すようになった。

感謝の念は、次第に煩《わずら》わしさに変わっていった。

「ねえ、ママ」

三田さんにもらったビスケットを頬張りながら、ひかりが訊ねる。

「おとなりのおばあちゃん、どうしていつもお菓子をくれるの？」

「ひかりがかわいいから。かな」

「ふうん」

引かれた真っ赤なルージュ。テラテラした肌着。きつい香水。

三田さんのことが苦手なのは、「誰か」を連想させるからかもしれない。

6

通常保育は午前八時から午後四時半まで。朝は、保育開始の七時から預けなければ仕事に間に合わない。午後は三十分の延長保育をお願いする。保育園がなければ働けない。本当に有難い存在だし、怪我も伝染する病気もお互いさま。でも――。

「ママ、ゲー出る」

ひかりは終日下痢と嘔吐《おうと》を繰り返していた。

保育園で猛威を振るったロタウイルスに、ひかりも罹患《りかん》した。夜も、やっと寝入ったかと思うと嘔吐し始めるので、充分な睡眠もとれない。食事はもちろん、水分も吐き出してしまう。病院では、ロタウイルスに効く薬はないので対症療法で様子をみるよう言われた。点滴が必要になることもあるらしいが、ひかりはまだその対象ではないとも。

ロタウイルスのワクチンを接種していなかったせいか、ひかりの症状は重かった。ワクチンを接種していても罹《かか》る時は罹るし、一度罹患しても何度も罹る病気だ。ワクチンの存在は知っていた。しかし任意接種のため費用がかかると知って二の足を踏んだ。そのせいで、ひかりを病気にさせてしまった。症状は三、四日で改善されるらしいが、体内に残ったウイルスが数週間にわたって便中に排出されるという。今のところわたしに症状はないが、その間にわたしが罹患する可能性もある。

申し訳ないけれど……電話口で小林さんは言った。しばらくは出社を許可できない。

仕方がない。食べ物を扱う仕事だ。万が一、わたしが感染していた場合、店に迷惑をかける。ああ、でも——来月は給料で生活するのがきつくなる。

こんな時、手を貸してくれる誰かがいてくれたら。そう思わずにはいられない。

この生き方を選択したのはわたしなのに。もう何年も、こうして生きてきたのに。まだまだ甘いのだ。もっと、できるはず。わたしが頑張りさえすれば、ひかりに、もっと充実した暮らしを。もっと、幸せな暮らしを。

「ママ、ご本読んで」

ひかりがねだる。五冊しかない中からリクエストしたのは、ひかりが一番好きな絵本だった。ネコたちが繰り広げるドタバタ劇で、絵のタッチもやさしい。

ひかりの隣に寝転ぶと、両手を突っ張って本を広げた。お気に入りの場面になると、ひかりはくすくす笑う。良かった。少しだけ、元気になったかな。ひかりの横顔を見つめる。ひかりは、父親によく似ている。人の良さそうな下がり気味の眉と目――。

彼と出会ったのは三十五歳の時。すでに父は他界し、わたしは独《ひと》りだった。帰る故郷も待つ人もいない生活は心をすさませた。

工場での仕事はあったが、生きがいに感じられるほどのものではなかったし、なによりわたしの代わりはいくらでもいる。替えの利かない仕事ができるほどのスキルもなく、ただ毎日を淡々と過ごしていた。

世の中から必要とされない日々は耐えがたい孤独を生んだ。

ある日、工場へ部品を卸《おろ》す仕事をしていた彼が突然わたしに話しかけてきた。それをきっかけに付き合うようになったのだが、わたしに声をかけた理由が『自分と同じ目をしていたから』だという。聞けば彼は天涯孤独。なるほどと思った。

一人が二人になっただけで世界が変わって見えた。穏やかな彼と一緒だと、明日を信じられた。この人となら——そんな風に考え始めた矢先、彼は事故に遭い、帰らぬ人となった。それからほどなくして子どもを身ごもっていることを知った。

彼との明日は永遠に訪れないが、彼は未来を残してくれた。

ひかりの、額と呼ぶには幼すぎる広いおでこ。幼児独特の丸い鼻先がなんとも愛らしい。

「ママ、これがいちばん安い？」

絵本の、花束が売られている場面だ。沢山の花束一つ一つに値札が付いている。

「うん、それが一番安い」

「じゃあ、これがいちばん高い？」

最近ひらがなだけでなく、カタカナや数字も読めるようになったひかりは、徐々に金銭感覚も身に付けつつあった。

「うん、一番高い」

「じゃあ、これをママにあげるね」

絵本から花束を取り出す仕草をすると、わたしに差し出す。

「ありがとう」

「ママ、このネコたち、いつも失敗ばっかりだね」

言いながら、ひかりがこちらに顔を向ける。

「ん？　うん、そうだね」

「わたしが一緒にいたら、そっちに行っちゃだめだよって教えてあげるのになあ」

「一緒にいたら、ひかりもネコについて行っちゃうんじゃない？　ひかりはおっちょこちょいだもの」

「そんなことないよ、おっちょこちょいはママでしょ」

わたしの腕を取って、ひかりは可愛らしい抗議を続ける。しばらくそうして、摑んでいた腕から手を離すとわたしの手を握った。眠る時、ひかりとわたしは必ず手をつなぐ。卒乳後、どことなく落ち着きがなかったひかりは、手をつなぐと安心するのかよく眠った。以来、ずっとそうしている。

「電気消すよ」

そっと手を離し、わたしは半身を起こした。電気の笠から下がった紐を二度引く。常夜灯で眠るようになったのはひかりが誕生してからだ。それまでは真っ暗にしないと眠れなかったが、そうすると、隣で眠るひかりの様子がわからない。育児に慣れてくると、わずかな灯りの下で授乳とおむつ替えができるようになった。夜中に目が覚めた時も、常夜灯が点いていると安心できた。いつでもひかりの様子が見える。母親になって、隣で眠る我が子が咳をする、寝言を言う、そんな細かなことでも目が覚めるようになった。

再び横になると、ひかりが待ちかねたようにわたしの手を取った。体ごとこちらを向いている。常夜灯のオレンジ色の灯りに包まれひかりと目が合う。ひかりがニッコリと微笑む。わたしも微笑み返す。

なんて愛おしいのだろう。

なんて幸せなのだろう。

ひかりが突然えずきだす。

「ママ、ゲ――」

ほっとしたのも束の間。

でもこれが子育てだ。

二日後、ひかりは快復した。食事を摂《と》り、眠り、遊ぶ。当たり前のことが、病後はとても貴重に感じる。快復したとはいえ、保育園に登園するにはまだ数日かかる。ひかりは元気を持て余していた。

「ママ、お外で遊びたい」

昼食の支度をしていると、ひかりがわたしの袖を引っ張った。

「公園に行きたい」

「公園はやめておこうね。お友だちに病気がうつると困るから」

いじいじとしていたひかりがぱっと顔を上げた。

「じゃあ、ちっちゃい公園は？」

「ちっちゃい公園」とは団地前の敷地のことで、もちろん遊具などないのだが、ひかりにとっては格好の遊び場だった。

「……そうね。いいわ」

「やった！」

ひかりはぴょんぴょんと飛び跳ねると、甘えた声で、

「ご飯の時間まであそんでいい？」

と言った。

「いいよ」

「やった！」

駆け出すひかりの後ろ姿に、呼んだらすぐ戻るようにと呼びかけた。はあいと返事をするひかりの姿は、すでにドアの向こうだった。

昼食が出来上がると、わたしはひかりを呼びに表へ出た。階段の踊り場から見える

田んぼばかりの景色はいつもと変わらないはずだが、ひかりが快復した今日は、いつにも増して爽やかだ。やわらかな風が頰を撫《な》でる。頰にかかった後れ毛を耳にかけ、左下を覗き込む。

ひかりの姿がない。右下を覗き込む。

風が止む。見当たらない。

「ひかり？」

団地前の敷地は、表に張り出した階段の踊り場からくまなく見渡せる。左下の一部分が砂地になっていて、そこで砂遊びをするのがひかりのお気に入りだった。身を乗り出す。もう一度左下へ目をやるが、やはりひかりの姿はない。

階下へ向かう。動悸《どうき》が激しいのは階段を駆け下りたからで、不穏な予感のせいではない。

団地前へ躍《おど》り出る。捜す。「ちっちゃい公園」に、ひかりはいない。道を挟んだ向こう側、さらに道の奥まで行ったり来たりして捜すが見つからない。

どこへ――？

団地裏へ行ったのかしら？

まさか。信号機もガードレールもない団地裏の堤防道路は、スピードを出した車が通るし、土手を下ればすぐそこに川が流れている。千曲川は川幅も広く流れも急だ。

ひかりには、団地裏へは行かないように常々注意してきた。

まさか。

「ひかり」

コンクリートの柵を強く握っていたせいで、手がこわばっている。ちがう、手が震えているんだ。

「ひかり！」

団地裏へ回る。しがみつくようにして急勾配の土手を上る。一台の車が目の前を猛スピードで通り過ぎる。風圧でよろめく。道路を横切り、土手を見下ろすが、ひかりはいない。

ひかり？　どこなの。

転げるようにして駆け下りたものの、膝丈ほどに茂った草むらが広がるだけで、ひかりはいない。

「ひかり！」

大声で呼ぶ。返事はない。

「ひかり！」

繰り返し呼ぶ。繰り返し、繰り返し。車の走行音が頭上で聞こえるだけで、返事はない。

そうだ。

公園へ行ったのかもしれない。「ちっちゃい公園」では物足りず、大きな公園へ行ったのかも。

そうだ。きっとそうだ。

その確信は、公園を見渡した瞬間に揺らいだ。すべり台と鉄棒が合わさったような遊具。動物を模した、バネのついた遊具。それ以外は広場になっている。歩き始めたばかりのような足取りの子どもと、その母親らしき人物がすべり台の下にいる他は無人だ。それでも、陰になって見えないだけだ、ひかりはここにいるはずだと躍起《やっき》になって捜す。ひかりは公園へ行きたいと言っていたではないか。ここでなければどこに行ったというのだ。

「すみません。五歳の娘を捜しているんです。見かけませんでしたか」

わたしが問うと、若い母親がこちらに顔を向けた。

「え？　いえ、見ていませんけど」

「ピンクの服を着た子です」

「あの――すみません、見ていません」

「三十分か……四十分前くらいに」

若い母親が我が子をちらりと見た。なにをそんなに心配そうな顔をしているの。あなたの子どもはここにいるのに。

「私たち、一時間近くここにいますけど、その間誰も来ませんでしたよ」

「……そうですか」

「迷子ですか？」

「いえ、あの――ええ」

「それなら交番へ行った方がよくないですか。交番の場所は――」

「身長が百十センチちょっとあるので、小学生に見間違えられることもあるんです。髪型は、ちょうど肩に髪がつくくらいのおかっぱで――」

「本当に見ていません」

強い口調にハッとしたわたしは、母親が我が子の手をしっかりと握りしめているのに気付いた。

「申し訳ないですが、お役には立てません」

「あの……すみません、動転してしまって……すみません」

公園を出る時、わたしは一度だけ振り返った。

母親は、小さな我が子をしっかりと胸に抱いていた。

ひと気のない団地までの道のりを引き返す頃には、不安と焦りを通り越した恐怖がわたしを襲っていた。

ひかり。

公園の母親は「迷子か」と訊ねた。迷子ではない。ひかりはここで生まれ育った。車を持たないわたしが自転車の後ろに乗せて走るほかは、ずっと徒歩で行動した。知らない道を通るような子ではないし、迷子になどなりようがないのだ。

ではひかりは。

迷子でないなら、一体――。

恐ろしい閃《ひらめ》きは、その一瞬を呪うほど鮮明な思考は、わたしの胸を刺し貫いた。

膝が震える。

「けいさつ――警察」

声も震えている。

違う。まさかそんな。

しっかりしなくちゃ。わたしがしっかりしなくてどうする。頼れる人は誰もいないのだから。

携帯電話は部屋に置いて来た。とにかく部屋へ戻ろう。電話しなければ。保育園に訊いてみようか。もしかしたら……もしかしたら、保育園に行ったかもしれない。あ、あとわたしの職場のスーパーにも。ひかりを捜している間に部屋に戻り、わたしが居ないのを仕事に行ったと勘違いしてスーパーへ行ったかもしれない。子どもは、大人が思いもしないことをするものだ。

落ち着け。落ち着け。

わたしに親兄弟はない。親しい友人もいない。普通の家庭だったら会いに行きそうな人はいない。

ひかりはわたしの職場を知っている。ひかりが行くとしたら、保育園か職場しかない。その二ヵ所に電話してみて、それでも見つからなければ――。それでも見つからなければ？　恐ろしい思考に再び囚《とら》われそうになる。わたしは必死でそれを振り払う。

とにかく部屋へ戻ろう。戻って、電話を――。

「マーマー！」

ひかり!?

今、確かにひかりの声が。

「ママー！」

辺りを見回す。いない。

「ひかり！　ひかり！」

どこ。わたしのひかりは――。

「こっちだよー、こっちこっち」

声を辿《たど》る。見上げる。

いた！　ひかり！

安堵で、膝からくずおれる。

涙で滲んで見えるひかりの隣で、真っ赤な唇が笑っていた。


「もう二度と、うちの子に構わないでください」

褒められるのを待ち望んでいた顔つきだった。紅い唇が弓なりに反って、感謝の言葉を待つその表情が、わたしの怒りを燃え上がらせた。

「ちょっと――あたしの話、ちゃんと聞いてた？」

「聞いていたからこそ言っているんです。わたしたちに構わないでください」

三田さんの唇がひくひくと動く。

「ひかりちゃんをウチで遊ばせてあげたんだよ？」

「勝手にそんなことをされては困ります。ひかりの姿が見えなくて捜し回ったんですよ」

玄関を出てすぐのひかりに、三田さんが声をかけた。ぎいぎいと鳴る扉の音のせいだ。ひかりはずっと三田さんのところに居た。わたしが、胸の張り裂けそうな想いをしている間中、ずっと。

「一人で遊びに行くって言うから、それじゃ危ないと思って――」

「遊ぶと言っても団地の敷地内です。ご心配は有難いですが、わたしに断りもなく家に連れ込むなんて」

「連れ込む!?」

真っ黒な太いアイラインを引いた三田さんが目を剝《む》いた。

「せめて一言、わたしに声をかけてくれたら」

そうすれば、こんなに恐ろしい想いをしなくて済んだ。

「父親も兄弟もいないひかりちゃんが不憫《ふびん》だとは思わないのかい?」

唐突な問い――わたしを責める強い口調――は、混乱に追い打ちをかけた。彼女はなにを言っているのだろう?

「大体、親の勝手でシングルマザーになったんだろう。どうせ、旦那の浮気か借金が原因ってとこだろうけど、子どもにさみしい想いをさせるなんて母親失格だよ」

旦那の浮気? 借金?

え? この人はなんの話をしているのだろう。

母親失格?

「別れるなら別れるで、せめて弟か妹を作ってやろうとは思わなかったのかい。なにをするにも一人きりで、可哀想じゃないか」

別れる？　誰と。

「さっき聞いたけど、ろくなもの食べさせてないね。おかゆにおじやに素うどんなんて——」

「それはひかりがロタウイルスに感染しているからで——」

「これって、よく聞く『ネグレクト』ってやつじゃないの？　自分のことにばかりかまけて、子どもに目がいってないんだから」

彼女が言っているのはひかりを一人で遊ばせたことだろうか、それとも食事のことだろうか……不意打ちを喰らった頭が意味不明なことを考える。

「一人で遊ばせるなんて正気の沙汰じゃないよ。今の時代、なにが起こるかわからないのに。ついていてあげなきゃだめじゃないか。それができないなら離婚なんてすべきじゃないんだよ。結局負担は子どもにいくんだから」

「離婚——」

「離婚したんだろう？　大人の勝手で」

「あなたに関係ありません」

わたしの耳に、今にも消え入りそうな自分の声が聞こえる。

「え？　なに？」

「あなたに関係ありません！」

三田さんは、わたしの剣幕に身を退いた。

「わたしが離婚していようがひかりに負担をかけていようが、あなたに関係ないでしょう！」

「な――あたしはよかれと思って――」

「そんなにお節介がしたいなら、ご自分のお孫さんにしたらどうです？　それとも、世話をやく孫も子どももいないんですか」

痛いところを衝《つ》いた。三田さんの表情を見れば、それは手に取るようにわかった。わたしは言わなくてもいいことまで言っている。でも、止められなかった。

「他人のわたしたちに構うのは止《よ》してください」

ひかりの手をしっかりと握ると、わたしは耳障りな音を立てる玄関ドアを強く引いた。


「おばあちゃん、泣いてた」

部屋に戻るとすぐ、ひかりが言った。

「おばあちゃんのお部屋に行った時、いっぱい写真があった。おばあちゃんにも家族がいるんだって。わたしに似ているんだって。だから、わたしを見るとうれしくて涙がでちゃうんだって」

もしかしたら、離婚したのは三田さん自身なのかもしれない。

「おもち、食べてた」

「おもち？」

「そう。わたしみたいな子が、おもち食べてた」

三田さんの家にあった写真の話をしているのだと気付くまでに時間がかかった。

「笑ってた」

「――そう」

「わたしも、おもち、もらって食べた」

わたしは深々とため息をついた。知らない人にはついていかない、知らない人からもらったものを食べてはいけないと言い聞かせて育てた。三田さんは知らない人ではない。それに、毎朝お菓子をもらって食べていた。ひかりの中で、三田さんは「お菓子をくれるお向かいのおばあちゃん」だ。

「……美味しかった？」

「うん！　きなこがいっぱいでね、甘いの。すごく美味しかった」

「ひかり。ママの言うこと、よく聞いて。これからは、ママも気を付ける。だから、ひかりも気を付けるって約束して。知らない人にはもちろんついていっちゃだめだけど、知ってる人にも勝手についていっちゃだめ。必ず、ママに訊いてからにして。わかった？」

ひかりは小さく頷いた。

「それから……ちっちゃい公園も。これからは、ママと一緒に行こうね」

今度は耐えるように、もう一度ひかりは頷いた。

娘を胸に抱き、わたしは自分自身に誓った。

二度とひかりを一人にさせない。この子はわたしが守るのだ。

＊

仄暗《ほのぐら》い部屋。目の前に迫る黒い波は動かない。水平線の先は闇と同化している。

思うのはひかりのこと。思い出すのもひかりのこと。

迷子にさせない。そのためには手を離さない、目を離さない。

二度と、ひかりを一人きりにさせないと誓ったのに。

早く。早くひかりの元へ戻らなければ。

拘束された両腕を床につき、なんとか身体を起こす。頭の痛みは消えていた。

バンドが巻かれているのは手首、肘、膝、足首。

手首を捩る。何度やっても、ぎちぎちに巻かれたバンドは手首に喰い込むばかり。それはほかの部分も同じで、ただ痛みが増すだけだった。

歯は？　幸い口元はなにもされていない。バンドに歯を立てる。口の中は干上がっているはずなのに、口を開けるわずかな動作が刺激となったのか、分泌された唾液で歯が滑る。唾液を吐き出し何度も試すが、バンドは切れるどころか切れ込みさえ作らせない。

襲い来るパニックに支配されそうになる。今ここで思考力を失ったら事態を悪化させるだけだ。

拘束を解くのは後回しだ。出口、出口は。

膝を立てた姿勢のまま、足の裏と尻を動かして部屋を移動する。部屋の隅まで来ると、よくよく目を凝らす。中央にある裸電球の灯りはここまで届いていない。床だけではなく、壁にも真っ黒なビニールが張られている。窓などありそうもない。

あの男が闇に呑まれたのはこの辺りだった。縛られた両手を上げて、わたしは壁にあるはずの凹凸《おうとつ》を探す。腕が攣《つ》りそうになり悲鳴を上げる。腕を下げようとした時、手の甲に固い突起を感じた。わたしは思い切り腕を伸ばしてそれを探る。こちら側に飛び出した取っ手はコの字状のようだ。それを摑んだ時、淡い期待が頭をよぎる。しかし、どれだけ力を入れても扉はビクともしなかった。

脱力したわたしは扉にもたれた。

一体誰が、なんのために。どうしてわたしを？

目的がわからない。なにもわからない。頭がおかしくなりそうだ。

「――だ――れか――」

かすれ声しか出せなかった。

こんな小さな声では、一日中叫んでもどこにも誰にも届かない。そもそもここはどこなのだろう？　山の中？　地下室？

でも、ここがどこだろうと諦めるわけにはいかない。

わたしは再びバンドに歯を立てる。手の皮が剝けて、手首から肘まで血が流れる。どうでもいい。これが外れるならどうだって――。

寄りかかっている扉に振動を感じた。一気に恐怖が押し寄せる。

あの男が戻って来たのか？

慌てて扉から身を離す。聞こえてくるのは、低くうなる機械音。男がやって来る気配はない。耳をそばだてるが、それ以外に聞こえるものはなかった。

安堵の吐息が漏れる。気を取り直し拘束バンドに歯を立てようとした時、唇に痛みが走る。乾燥しきった唇が切れたようだ。舌を出すと、ざらついた唇の感触と同時に鉄の味が広がった。

ああ——。喉が渇いた。水が飲みたい。水が欲しい。欲していたものがはっきりすると、そのことばかりが頭に浮かぶようになる。グラスいっぱいの、澄み切った透明な液体。高い位置から注がれる水の音すら聞こえるようだ。汗をかいたグラスは、底の周りに素晴らしい輪を作る。そのわずかな水分でもいい、啜《すす》ったら一口にはなるだろう——。

あまりにも強烈な欲望に囚われそうになり、握り合わせた拳《こぶし》を額に打ち付ける。違う、今考えるのは拘束を解くこと、脱出すること、ひかりのこと——。

水。水が飲みたい。

頭の中に居座ろうとする鮮明な映像を追い払うために、何度も激しく額を叩く。

どうしてわたしがこんな目に？

一体なにが。

なぜ、わたしが。

7

「そりゃないわ」

揚げ物をパックに詰めながら、もなみさんが言う。「木村さん」から「もなみさん」に呼び名が変わるのに、日にちはかからなかった。

「勝手に家に連れてくなんて非常識よ。下手すりゃ誘拐じゃない。それなのに成美ちゃんを責めるなんて、お門《かど》違いよ」

一週間ぶりの職場で、わたしはもなみさんに話を聞いてもらっていた。小林さんは痩せた背中をこちらに向けて揚げ物をしている。わたしたちの話が聞こえているのかいないのかわからない。

「隣人、てとこがキツイわね。しかもなに？　玄関の扉の音で外出するタイミングまでわかっちゃうんでしょ」

「あれ以来、わたしたちの外出を見計らって出て来ることはないけど……」

「見計らってって——ストーカーじゃない」

もなみさんが言い切った。

あの日以降、三田さんの姿を見ていない。わたしたちの生活リズムは承知のはずなので、意識的に避けているのだろう。

動転していたとはいえ、あの日のわたしの態度は彼女を深く傷つけた。触れられたくない心の傷を抉った。それは、理由は違っても誰しもが抱えているものなのに。日が経つにつれ自責の念が膨れ上がり、自己嫌悪に陥った。それでも——せめて一言あったら。ひかりを家に上げてもいいかと訊ねてくれていたら。

「顔を見せないってことは向こうも反省してるのかもね。それにしても、自分と一緒にされてもね」

「あ、それはわたしの勝手な推測で——」

「ううん、きっと成美ちゃんの想像通りよ。でもさ、離婚の原因が女か借金しかないっていうのはすごい思い込みよね。きっと自分がそうだったからなんだろうけど。そもそも、シングルマザーイコール離婚、って考えが古いのよ」

わたしが未婚の母だということは、職場の人間は皆知っている。

「今はさ、いろんな形の家族が存在するわけで。型にはめて考える必要なんてどこにもないのにね。幸せならいいじゃない」

作業していた手を止めると、もなみさんがこちらを見た。

「成美ちゃん、幸せ？」

もなみさんの顔がちょっと怒ったように見えるのは、わたしの話を自分のことのように聞いてくれたからだ。そんな些細なことが嬉しくて、じんとする。

「うん。幸せ」

わたしの答えを聞いたもなみさんの顔が明るく花開く。もなみさんがなにか言おうと口を開いた時、調理場のドアが開いた。

「木村さん、お電話です」

そう言って顔を出したのは渡辺さんだ。シフトの交代時間が迫っていた。渡辺さんは今日、遅番のはずだった。

「職場に電話？　不吉だわ」

冗談めかしてそう言うと、もなみさんは小林さんに声をかけてから調理場を出て行った。入れ替わりで渡辺さんが入って来る。

「おはようございます」

職場では、なぜか何時に会っても挨拶は「おはよう」だ。

「おはようございます。あの、渡辺さん」

渡辺さんを呼び止めると、わたしは欠勤していた間のことを詫びた。

「気にしないでください。それより、お子さんの具合はいかがですか」

「おかげさまで元気になりました」

それを聞くと、渡辺さんは微笑んだ。

「それはよかった」

「商品のチェック、お願い」

調理場の隅から、小林さんの声。

「わかりました」

調理場を出て売り場へ向かう。廃棄する商品を引き下げに行くためだ。なんてもったいない——毎回そう思いながら商品を廃棄する。今まで「食べられる」商品だったものが、わたしが手にした途端、「食べられない」ゴミになってしまうなんて。

廃棄するパックを回収していると、渡辺さんが来た。

「もうあがる時間ですよね。手伝います」

「ありがとうございます」

それぞれ三パックずつ。今日の破棄分だ。調理場へ引き返す途中、渡辺さんが、

「後藤さんにお聞きしたいことがあるんですけど」

と、言いにくそうに訊いてきた。

「はい？」

職員しか立ち入れない通路で、渡辺さんは足を止めた。

「あの……後藤さんも、不妊治療なさったんですか」

渡辺さんの言っていることを理解するのに数秒かかった。というより、渡辺さんが

そう考える理由に思い至るまでに時間がかかった。実年齢以上に老けたわたしの見た目が、彼女にそんな憶測をもたらしたのだろう。

「いいえ、わたしは――」

もなみさんのような若々しい容姿ではないと自覚しているはずなのに、気持ちはまだ若いままでいることに気付いて、それが可笑《おか》しくてわたしは笑った。

「娘を妊娠した時、結婚もしていなかったし――」

訊きにくいことを口にしたためか、渡辺さんは固い表情のままだ。

「子どものことは考えもしていなかったの。だから――」

「変なこと聞いてすみません」

渡辺さんはぺこりと頭を下げた。顔を上げると笑顔で、

「ひかりちゃん、エビが好きなんですよね？」

唐突な質問に驚いたが、わたしが手にしているエビフライのパックに渡辺さんが視線を向けているのに気付いた。わたしが頷くと、周囲を気にするように渡辺さんがわたしに耳打ちした。

「今日の廃棄分はこれだけだって言っておきますから、それ、持って帰ってひかりちゃんに食べさせてあげてください」

「え？」

身を離した渡辺さんは、嘘がばれた子どものように肩をすくめた。

「私も時々持って帰っているんですよ」

わたしは、手にしたパックを見下ろした。エビフライとから揚げの入ったパックだ。どちらもひかりの好物。

「え、でも――いいのかな」

「ほかの人もやってますよ」

わたしが躊躇《ちゅうちょ》していると、調理場から誰かが出て来た。渡辺さんが「隠して」そう言い、パックを持ったわたしの前に立った。わたしは咄嗟に帽子を取ると、パックの上に被せた。

「お疲れ様です」

出て来たのは小林さんだった。渡辺さんの明るい挨拶を受けてもにこりともしない。

「お疲れ様」

そう言うと、小林さんは更衣室へ向かった。

小林さんの姿が見えなくなると、わたしと渡辺さんは安堵の息を漏らした。

「私、小林さん苦手」

思わずといったように渡辺さんがつぶやく。直後に、白い手を顔の前で忙《せわ》しく振りながら「今のは聞かなかったことに」と苦笑いする彼女に、わたしは、ひかりにはばればれの『とって付けた笑み』を返した。

「それじゃ」

調理場に入って行く渡辺さんを見ながら、わたしは手にしたパックに目を落とした。

昨夜のひかりは、わたしの持ち帰ったエビフライとから揚げを美味しそうに頬張った。すっかり快復したひかりに揚げ物を食べさせる不安はなかったが、職場の規則に背いてしまったことへの罪悪感はあった。

ああ、でも。ひかりのあの笑顔。

作業着に着替えたわたしは、帽子を手に取った。

「ホント、勘弁してほしい」

更衣室に入ってくるなり、もなみさんは言った。

「バカ息子！」

大きなバッグを乱暴にロッカーに投げ入れると、ぐるりとわたしに顔を向けた。

「昨日の電話」

昨日、終業間際にかかってきた電話のことか。

「バイク屋からだったの」

「バイク屋？」

「こう言われたの——『息子さんがバイクを購入したいと言っているが、高校生なので保護者の承諾なしには売れない。できれば店まで来て欲しい』って」

ロッカーの扉の縁を掴む、もなみさんの手に力が込められる。

「すっ飛んで行ったら、あいつ、澄ました顔で『遅いよ』だって！」

むしゃくしゃした気持ちを落ち着かせるためか、もなみさんは深々と息を吐く。

「おかしいとは思っていたのよ。いつもはぐうたらしてる瞬《しゅん》が、ここ最近バイトに精を出していたから。バイクを買うお金を貯めてたのね」

もなみさんの一人息子は現在高校三年生だ。制服もなく、校則もない。自由な校風は息子に合っている、さもなければ校則違反ばかりしていたはずだから——以前、もなみさんはそう言っていた。もなみさんの息子、瞬君が焼肉店でアルバイトをしていることは聞いていた。

「先月、バイクの中型免許を取った時に気付くべきだった」

わたしが不思議そうな顔をしているのに気付いたのか、もなみさんが言った。

「来年、進学するとしたら県内にいるかどうかもわからないし、もし就職するなら通勤に車が必要になるだろうから、十八になったら車の免許を取るように勧めたの。そしたらその前にバイクの中型免許を取りたいって言って」

もなみさんは自分を責めるように頭を抱えた。

「車より小回りもきくし、維持費も安く済むからって。条件をのむならいいって許可したの。乗るのは高校卒業後にすることって。ああ……今思えば、うちの瞬が、あたしの言うことなんて聞くはずなかった」

「始業時間に遅れるわよ」

ぼそりと、低い声。驚いて振り返ると、いつの間にか背後に小林さんが立っていた。いつから居たのだろう。もなみさんが更衣室に入って来た時、彼女は居ただろうか？

「あ、はい。すみません」

わたしが言うと、もなみさんはイライラした様子で作業着に手を伸ばした。

小林さんが部屋から出て行くのを待っていたように、もなみさんは言った。

「後で話聞いてくれる？」

昼休み、ほぼ全員が休憩室で昼食を摂る。もなみさんとわたしは、無人になる更衣室へ向かっていた。すると、反対方向から忙しない足取りでこちらに向かってくる人影があった。店長だ。わたしが頭を下げようとした時、店長が固い口調で言った。

「後藤さん、ちょっといいかな」

前を歩いていたもなみさんが何ごとかと足を止める。わたしは、もなみさんとそっと目を見かわし、店長の後に続いた。

久しぶりに入る店長室は、やはり馴染みのないにおいがした。

「座って」

促され、わたしは硬いソファに腰を下ろした。大きな机の向こうで店長が渋い顔をしている。

「後藤さん。会社の規則は何度も説明したよね」

規則。その言葉を聞いた瞬間、うしろめたさで胸が苦しくなる。

「はい、あの——はい」

店長が黒縁の眼鏡を押し上げる。不穏な空気に気圧《けお》される。ここへ連れて来られた理由は、もしや——。

「廃棄する商品の持ち帰りは禁止だって、小林さんからも説明があったと思うけど」

後悔と恥ずかしさで、わたしは思わず俯《うつむ》いた。

「食べられるものを捨てるのって胸が痛むし、僕だってもったいないと思っているよ。消費者だって、消費期限内に食べるとは限らないんだし。でもね、ちゃんと理由があって禁止してるの。持ち帰ったものを食べて食中毒なんかになった場合ね、会社としてはすごく面倒なことになるわけ。僕が入社したての頃は、そのあたりゆるくて、皆で分けて持って帰ったりしていたんだけど」

とても顔を上げられない。わたしは、規則違反を犯したシミの浮いた手を見つめた。

「僕としても大ごとにしたくないと思っているの。ただ、一度じゃないとなると――」

羞恥心より驚きが勝って、わたしは顔を上げた。

「娘さんのロタウイルスだっけ……？　あれも、会社のせいにされると困るし――」

「あの」

思わず口を開く。

「あの、一度ではないというのは――」

言葉が続かないわたしを見かねたのか、店長は気まずそうに言った。

「入社直後からだって聞いたけど」

「え――」

ショックで言葉が出ない。

「苦しいのはどこの家も一緒だよ。僕だって、独り身だからまあなんとかやってるけど、それでもここの安月給じゃ苦しいからね」

わたしの視線を避けた店長は、椅子を回転させると壁にかけられた自作の絵に目を向けた。

規則違反をしたのは事実だ。でも――。

「店長」

わたしの呼びかけに、店長は椅子を回した。

「確かに――確かに規則違反をしました。本当に申し訳ありませんでした」

わたしは頭を下げた。しばらくして頭を上げると、店長は眉をハの字にしていた。

「でも、それは昨日の一度だけです」

店長は困り顔だ。

「一度だけなんです」

本当に申し訳ありませんでした――わたしは再び頭を下げた。頭の上で、店長の吐息のようなため息のような声が聞こえる。わたしは頭を上げて続ける。

「それに、娘のロタウイルスはまったく関係ありません。ましてやそれを会社のせいにするなんて――」

店長は、手のひらをわたしに向けて押し返すような仕草をした。

「わかってる、わかってる。ただ、過去にそういったことがあってね。会社もピリピリしているんだよ」

そしてまた腕を組むと、わたしに言った。

「これからは気を付けてくれるね？」

8

初めて会うもなみさんに、ひかりはすぐに懐《なつ》いた。

「ひかりちゃんは絵が上手なのね」

「もなみちゃんも上手だよ。ママはね、絵が下手なんだよ」

からかうようなビックリ顔を、もなみさんはわたしに向けた。

終業後、もなみさんを我が家に招いた。家に誰かを呼ぶなんていつ以来だろう。

ひかりが夢中でお絵描きしているのを確認してから、もなみさんが言った。

「ごめんね、お邪魔しちゃって」

「ううん、わたしも話聞いてもらいたかったし……それで、瞬君は？」

「家に連れて帰って、たっぷりお説教してやったわ」

ふんと鼻息を吐き出した後、なぜだか急に、もなみさんは悲しそうな目をした。

「瞬の父親がさ」

もなみさんは、その目を伏せた。そこには過去が――傷を負った過去が――滲んでいるからだろう。

「バイク乗りだったのよね。黙って一人で出かけるから、よくケンカした。こっちはさ、心配じゃない。でも、向こうは『なにが悪い』みたいな感じでさ。瞬が小さい頃に別れたから――」

言葉を切ったもなみさんが顔を上げた。おどけたような表情を浮かべて。

「離婚の原因はバイクじゃなくて女だけど」

そう言って笑った。

急速に、もなみさんの唇から笑みが消える。そして、懐かしむような視線を窓の外へ向けた。目には青空が映っているが、今、彼女に見えているのはそれではないだろう。

「不思議なの。一緒に暮らしてないのに、瞬がどんどん父親に似てきて。顔とか背格好じゃなくて、好きなものとか。癖とか。あんまり似ていて、ドキっとする瞬間があるのよね」

もなみさんが、ふいに視線をこちらに向けた。その目の優しさに、わたしは胸が苦しくなる。

「やっぱり親子なんだね」

そう言ってまた笑う。

昇華された幾分《いくぶん》かの痛みは、彼女にこんな笑顔をもたらす。

傷は癒《い》えてはいるが、それでも時々疼くことはあるだろう。きっと、これからも。

「――で」

もなみさんは言った。こちらに顔が向けられた時には、すっきりとした表情になっていた。

「店長に呼ばれた理由はわかった」

もなみさんに事情を話すのは、恥ずかしさと情けなさで消えてしまいたいくらいだった。でも、彼女はわたしを非難することなく、ただ真摯《しんし》に話を聞いてくれた。それがとても有難かった。

「でもさ――」

もなみさんは、ちらっとひかりに目をやった。それから言った。声を落として。

「成美ちゃん、それやってないよね？」

真っ直ぐな問いが、わたしの胸に刺さる。

「……昨日……は、持ち帰った。でも、本当に昨日の一度だけで――」

「わかってる。だって、仕事上がりはいつも一緒だったのに、そんなことできるわけがないもの。あたしが一番よくわかってるよ。なんなら、明日店長に言おうか？」

もなみさんの申し出を、わたしは慌てて断った。一度だけとは言え、わたしが規則違反をしたのは間違いないし、なにより店長を刺激したくない。

「一度じゃない、入社直後からだって聞いたけど――店長は、そう言ったのよね？」

そう。確かにそう言っていた。

わたしは頷く。

「――ってことは、店長に言いつけた『誰か』がいるってことだよね」

もなみさんに指摘されてわたしはハッとした。あの時はそこまで考えが至らなかったが、誰かに聞かなければ確かに店長が知るはずがない。

「昨日、誰かに見られた？」

「昨日は……その、渡辺さんと居て。商品チェックを手伝ってくれたの。それで――」

「奈穂ちゃん？」

もなみさんは眉を顰《ひそ》めた。

「ええ。立ち話をしていて、それで――」

気が引けたが、わたしはその後のことを話した。渡辺さんや持ち帰りをしているほかの人を責めるように聞こえないか心配だった。

もなみさんは難しい顔でわたしの話を聞いていた。

「確かに、午後シフトの人の中に持ち帰ってる人はいるけど――まさか、奈穂ちゃん？」

「そんな。わたしをかばってくれたのに」

渡辺さんは、急に現れた人物からわたしを隠すようにしてくれた。あの時現れたのは——。

「——小林さん」

「え？」

「あの時、調理場から小林さんが出てきて挨拶をして去って行った。

でも。

「人のせいにはできない。規則については何度も説明があったのに、それを無視したのはわたしだもの。嫌な話を聞かせてごめんね、もなみさん」

もなみさんは、胸の下に置いた腕を土台代わりに、片手で頬杖をつくような姿勢をとっている。

「大体さ」

もなみさんの目がわたしを捉える。

「店長に言いつけるって辺りが陰険じゃない？　そこまでする必要あったのかな」

考える人のようなポーズで、もなみさんはうーんと呻《うな》った。

「やめよう」

わたしは言った。

「悪いのはわたしだもの。店長も今回は目を瞑るって言ってくれたし、これからは真面目に働くわ」

「まじめにはたらく？」

それまで一心不乱に色鉛筆を動かしていたひかりが口真似をした。もなみさんと目が合う。　わたしたちは笑った。

「そう。真面目に働くの」

わたしはひかりの頭を撫でた。

「へんなの」

口を尖らせていたひかりは、にっこり笑うと、もなみさんの袖を引いた。

「もなみちゃん、一緒に描こう」

もなみさんは嬉しそうに色鉛筆を手に取った。


ひかりは、もなみさんを何度も引き留め、なかなか帰そうとしなかった。なんとかひかりを説得し、もなみさんを見送ろうと玄関を出た時、外階段を上がって来る三田さんの姿が見えた。痩せた背中を丸めて視線を足元に落としている。三田さんに会うのは、あの日以来だった。

もなみさんがわたしと三田さんを見比べ、お向かいのドアを指さした。わたしは無言で頷く。

「おばあちゃん」

三田さんが顔を上げる。わたしと目が合った瞬間、彼女の瞳が翳《かげ》った。

「ああ、ひかりちゃん……」

ひかりが階段を駆け下りる。ひかりを見つめる三田さんの顔が悲しげに歪《ゆが》む。

「あの」

もなみさんが、真っすぐな視線を三田さんに向けている。

「私、後藤さんの友人です。彼女から話は聞いています」

「もなみさ――」

もなみさんの腕を引くが、彼女はこちらを見もしない。

「自分は善意のつもりでも、相手にとっては迷惑ってことありますよ」

驚きに見開かれた三田さんの目に怒りが燃え上がったように感じた。

「それと、自分の境遇を他人と重ねるのは勝手ですけど、それを押し付けるのは間違ってると思います」

「あんた――」

どうしよう、ケンカになる——

わたしがおたおたしている間、ひかりは不思議そうに大人たちを眺めていた。

「あの——」

なにか言わなければと口を開いたはいいが、言葉が出てこない。

「——」

わたしを見上げる三田さんの目から急速に怒りが消える。怒りが消え去った顔は切なくなるほど年老いて見えた。

三田さんが俯いたので、それが伝わってしまったのかと思った。しかし彼女はなにも言わずわたしたちの横を通り過ぎ、部屋へ消えた。

階段の途中で一人、ひかりがぽかんとこちらを見ていた。

「昨日はごめん」

翌日、更衣室に入って来たもなみさんは開口一番そう言った。

「成美ちゃんに断りもなく、勝手にお向かいさんに文句言ったりして。しかもよく考えたら、あの人に言ったこと全部あたしに当てはまる」

わたしの前に来ると、もなみさんは頭を下げた。わたしは慌てて顔を上げるよう言ったが、彼女は頭を下げたままひかりの様子を訊いてくる。

「ひかりは大丈夫」

「ひかりちゃんの前であんなこと言うなんて――あの人に懐いてたみたいだったし」

「もなみさん――」

「初めは気の強そうなおばあちゃんだと思ったけど、なんだか――言ってから気の毒になっちゃって。かなりのお年寄りだったし」

「――うん」

もなみさんがやっと顔を上げた。

「あのおばあちゃん、あの後なにか言ってこなかった？」

わたしが首を振ると、もなみさんは、

「高齢者をいじめたみたいで、すごく――後味が悪いの」

「もなみさんはわたしたちのために意見してくれたんだから気にしないで。この前、かなりきついこと言っちゃったのに、謝りもせず関係をこじらせたまま放置していたわたしが悪いの。お向かいさんには、折を見てきちんと謝るから」

「余計ややこしくしちゃったよね。本当にごめんね」

肩を落とすもなみさんに、わたしは言った。

「もなみさん。ありがとう」

「え？」

「わたしたちのことを心配してくれて」

「成美ちゃん――」

心なしか、もなみさんの目が潤んでいる。

「ありがとう」


その日は、シフトの関係で仕事は午前だけだった。

このままひかりを保育園に迎えに行こうか一度帰ってから迎えに行こうか思案しながら駐輪場へ向かう。

自転車のサドルに桜の花びらがその身を休めていた。触れようと手を伸ばした時、一陣の風に乗り空に舞い上がる。あっという間に空にとけていった花びらを見て心が決まる。

保育園へ向かう途中、バス停のベンチに見覚えのある人物が。

三田さんだ。

大きな袋を脇に置き、パック飲料をストローで吸っている。わたしに気付いている様子はない。

わたしは自転車を降りた。声をかけようと近づいた時、三田さんが反対側に顔を向けた。ベビーカーを押した女性を見ているらしかった。三田さんは飲んでいたパックをベンチに置き、袋からなにかを取り出した。前を通り過ぎようとしていた女性がびっくりしたようにベビーカーを停める。三田さんが手の中の物を子どもに差し出したからだ。

ベビーカーに乗っているのは赤ちゃんではなく二歳くらいの幼児だった。その子は手にしているスマホから目も上げない。母親らしき女性は困惑しているようだ。笑顔が引き攣っている。女性は片手を振って遠慮の意を示し、足早にその場を去った。女性を見送る三田さんと目が合った。

わたしは会話の糸口を見つけられないまま、落ち着かない気持ちで三田さんの隣に座った。三田さんがぽつりとつぶやいた。

「時代なのかね」

「え――？」

「昔はさ、子どもにお菓子をあげたりもらったり、そんなに問題なかったように思うんだけど」

三田さんは、受け取ってもらえなかったビスケットの袋を手の中でもてあましている。

「アレルギーがあるので……だってさ。――食べる？」

差し出された小袋を、わたしはおずおずと受け取った。

三田さんはふんと息を吐き出した。

「あたしは病院へ行った帰り。何時間も待たせておいて、診察なんて五分だよ、五分。老人は暇を持て余してるとでも思ってるのかね、まったく。昔の医者は、もっと親切だったと思うけど」

三田さんは渋い顔で、

「昔、昔って連呼するようになっちゃ、いよいよ本格的なバアさんだね」

そう言って自嘲気味に笑った。

わたしは、膝の上に重ねた手を見つめる。

「あの――」

「ひかりちゃんのことなら心配いらない」

三田さんを見ると、顔を正面に向けたまま、

「もう余計なお節介はしないから」

と言った。

「わたし、ずっと謝らなくちゃと思っていたんです。取り乱していたとはいえ、かなり失礼なことを言ってしまったので」

「いいのいいの。あたしが調子に乗って、頼まれもしないことしたせいだからさ」

三田さんは遠くを見るような目をしている。その顔は穏やかだ。でも、どこか悲しげでもある。三田さんは、

「あたしもね、娘がいるの。もうずっと会えていないけど」

と言った。

「亭主の女遊びと博打好きが許せなくって家を飛び出したものの、女一人で子どもを育てるのはきつかった。家を出たその日から金は必要だし、世間は想像以上につめたいし。それは、時代が違っても変わらない。そうだろ？」

わたしは頷いた。

女でも男でも、たった一人で子育てをするのは並大抵の苦労ではない。

「昨日言われた通り。あたしは、自分の境遇を後藤さんに重ねてたんだよ。女一人、頼れる人もいなくて、家のことをやって働いて、娘を育てて――」

三田さんの意識が、ふっととんだように感じた。

「生きてくのに精いっぱい。それでもあたしは、娘がいれば幸せだった。どんなに仕事が辛くても嫌なことがあっても、娘のためなら耐えられた。娘さえいれば幸せだった。あたしは、ね」

あたたかな陽光がわたしたちを照らす。

ああ、この人もわたしと同じ苦労をしてきたのだ。苦労と同じくらいの幸せも。

「初めは昼間の仕事をしてた。だけどそれじゃ娘に好物の飴やビスケットも買ってやれない。新しい上履きを買ってほしいと言えずに、踵《かかと》をふんづけて履いてることも、他人に言われるまで気付いてやれなかった。そのうち昼も夜も働くようになった。多少のゆとりができた代わりに、娘はいつも一人になった。それでもあたしは幸せだった」

何度も繰り返される『あたしは幸せだった』の文句に、わたしは居心地の悪さを感じ始めていた。

「その頃店に——店って言ったって、ごろつきばっかりが集まるろくな店じゃなかったけど——入り浸《びた》る男がいてね。そいつ、あたしに熱上げてさ。しつこくつきまとって、今でいうストーカーってやつだね。客だから邪険にもできないし本当に苦労した。それで、あの日——」

びゅっ、と風が吹き抜ける。その勢いにわたしは目を瞑る。ほんの数秒だった。目を開けた時、隣に知らない人が居るようでぎくりとした。

雰囲気が違う。目が違う。なにかが違う。

「あたしは決心してた。たとえ店をクビになっても構わない、あの男にガツンと言ってやるって。で、実際そうした。拍子抜けするくらい簡単にあいつは引き下がった。店には客が大勢いたし、多分そのせいだろうと思った。でも——あの時、気付くべきだった。そんなに容易《たやす》く諦めるような男じゃないって、気付くべきだった」

風は止んでいるのに、わたしは轟々となる風音を聴いていた。身体を千切られるような、竜巻みたいな風音を。

「土曜の夜だった。店に行く前、娘と明日は遊びに行こうって約束をした。どこでも好きなところへ連れて行ってやるよって言った時のあの子の嬉しそうな顔――」

わが子を慈《いつく》しむ母親の顔。でも――。彼女から感じるのは愛情だけじゃない。これは――。

これは、痛みだ。

「娘はあの時十歳だった。六畳一間の狭いアパートで、布団を二組敷いたら足の踏み場もないような部屋だったけど、娘はいつもあたしの布団も敷いておいてくれた。時々あたしの布団で寝ている時があって、理由を訊くと『母さんの匂いがして安心するから』って言うんだよ。どれほど娘にさみしい想いをさせてるか、それを聞いた時思い知った。

あたしは知ってた。娘が欲しいのはお金じゃなく母親だって。ぼろの服を友達にからかわれても、大好きなビスケットが食べられなくても、娘が望んだのはあたしと過ごす時間だった。あたしの幸せは娘の幸せじゃなかった。幸せだと思ってたのはあたしだけだった。知ってた。あたしは、知ってたはずなのに」

カミソリで切られるようだ。鋭い刃先は肉を抉りはしない。感情の、一番敏感な部分を筋が見えなくなるくらい傷つけていく。切り開かれた表皮の下に現れるのは——。

「あたしのせいであの子は」

後悔。

「——仕事を終えてアパートに着いた時、二階の隅の、あたしの部屋だけ灯りが点いてるのが見えた。

おかしいと思った。娘は怖がりのくせに電気代がもったいないからって、寝る時はいつも部屋を真っ暗にしてたから。消し忘れなんて珍しい、しっかり者の娘が——そんなことを思いながら階段を上がった。

部屋のドアが薄く開いて、灯りが廊下にもれてた。壊されたドアノブが傾《かし》いで——」

三田さんの顔から一切の感情が消える。

「部屋の中に——あいつが」

寒い。

うららかな陽射しが降り注ぎ、足裏さえあたたかくなるような陽気なのに、わたしたちのいるところだけ凍えそうに寒い。

咄嗟に耳を塞ぎたくなった。聞きたくない。話の顚末《てんまつ》を知りたくない。彼女のたった一つの光が、希望が、この先を聞いてしまったら——。

「あいつは壁にもたれて胡坐《あぐら》をかいてた。布団の中で、娘は眠っているみたいだった。あの時のことは全部覚えてる。あたしは馬鹿みたいに、娘を起こしちゃいけないって思った。だから、小声であいつに言った。なにをしてるのかって。するとあいつはこう言った。『俺のものにできないなら、お前の一番大事なものを奪ってやる』って。いつの間に手にしたのか、それともずっと持っていたのか、あいつは包丁を振り上げた。

あたしは駆け出した。足が沼にはまったみたいに重くて、全速力で走っているのに全然進まない。娘までのたった三歩の距離が、百メートルにも感じた。永遠にも感じたその間、娘がうっすら目を開けたように見えた。そしてまた眠った。

ようやく娘に覆いかぶさった時、その時も娘が起きなければいいと思ってた。あたしの悲惨な最期の姿を娘が見ないように、そして覚えていなければいいって。娘を抱きしめながら、あたしは〝その時〟を待った。でも、なにも起きなかった。

おそるおそる顔を上げると……あいつは自分で自分の胸を刺して苦しみもがいて

た。あたしは娘を抱えて逃げようとした。

火事場の馬鹿力なんて言うけど、あれは嘘だ。ショックと恐怖に直面した人間は、力なんて入らない。足が進まなかったのと一緒で、思い通りに身体を動かすことすらできなくなる。

だからあたしは娘を起こそうとした。

肩を揺すって名前を呼んでも娘は目を開けない。頬を叩いて大声で呼んでも一向に目を覚まさない。あたしはおそろしくなって何度も何度も名前を呼んだ。娘の名前を呼び続けた。

誰かに肩を摑まれたけれど、それを払いのけて名前を呼んだ。警察だか救急隊だかに引き離されそうになって、そいつの手に嚙みついた。とうとう、何人もの人間に羽交い絞めにされて娘から離された。

娘は眠っているだけだから起こさないでくれ、触らないでくれって言っても聞いてもらえなかった。何人もの人間が——しかも、知らない大人が——周りを囲んでいるのに、あたしの娘はずっと目を覚まさなかった。娘は恥ずかしがりやだから、眠ったふりをしているんだ、この人たちがいなくなれば目を開けるだろうって、あたしはあの時そう思って——。

——本当は気付いてた。もう二度と、娘は目を開けないんだって。でもそれを認めたら――」

三田さんがわたしに顔を向けた。わたしは、彼女の手に重ねた自分の手を見つめていた。今、彼女の目を正面から見られる自信がない。彼女の苦しみや悲しみに寄り添うことしかできない。

辛すぎて、苦しくて、あまりにも理不尽で。

光と希望を失った女性にかける言葉が、少しでも痛みを和らげる言葉が――もしそんな言葉があるとして――わたしには思いつかなかった。あるのはただ、癒えることのない痛みだけだ。

「こんな話、聞かせるつもりじゃなかったんだよ。悪かったね」

三田さんは頬にかかった髪を耳にかけた。

「ただ、子どもを一人にさせることが――それが、どれほど近場で短い時間でも――どれほど危険か、あたしは知ってる。だから、ひかりちゃんが一人で遊びに行くって言った時、どうしても行かせられなかった」

わたしは目を閉じ何度も頷いた。

三田さんの過去があまりにも鮮明に胸に迫って。

彼女の気持ちも知らず、厚意を疎ましく思った自分が恥ずかしかった。

わたしが目を開けると、彼女は顔を正面に向けた。その横顔の厳しさに、わたしはハッとした。

「非情なことをする人間を、間近で見たことないだろう？　あたしは娘に、常々言って聞かせてた。

こわいことをする人間は、こわい顔をしているわけじゃない、って。

やくざ風のなりをしている人間が、実際中身もそうだったとしても、こわくはない。そうかもしれないと思えば近づかないこともできるから。

でも、本当に恐ろしいことをする人間は、上手に世間に紛れていて、外見だけじゃ区別がつかない。あいつらのこわいところはそこさ。行動を起こすまで、誰にもわからない。

あいつがしつこくしてきた時も、面倒なやつだとは思ったけれど、まさか平気で子どもを手にかけるような殺人鬼だなんて思いもしなかった。

あいつらが本性を現すのは一瞬だ。しかも、それが現れるのは一ヵ所だけ。

部屋にいたあいつが包丁を振り上げた時——その一瞬、目玉がひっくり返ったように見えた。全然別ものの、『なにか』にすり替わったみたいに。

——ずっと娘に言い聞かせていたのに、まさかあたしがそんなやつに出会っていたなんて。まったく気付かずに、逃げずにいたなんて」

知らない人にはついていかない。

知っている人にもついていかない。

どんなに言い聞かせても、注意していても、「そいつら」はどんな手を使ってでも目的を遂げるだろう。

そんな人間から、どうしたら我が子を守れるというのか。

「初めのうちは現実味がなくて、ただただ娘が恋しかった。その気持ちは今でも変わらないけれど。一目でもいい、娘に会えるなら、悪魔に魂をやってもいい。

そのうち、犯人を恨むようになった。勝手に死んでいったあいつの身勝手さを恨んだ。生きていれば、あたしが殺したのに。必ず、あたしが殺したのに。それすらさせないで、娘だけ奪っていくなんて——どうしてあたしじゃなく、娘を手にかけたのか。どうしてあいつの思い通りになったのか。

娘はどんなに怖かっただろう、恐ろしかっただろう。どんな痛みを、どれだけの時間耐えたんだろう。きっとあたしを呼んだはずだ、かあさん助けてって、めいっぱい叫んだだろう。どんなに助けを求めても、それが叶わない状況はどんなに心細くて恐ろしかっただろう。

い、いや、その時のことを考えるとだめなんだよ。あの子の味わった苦しみを思うと、いくら時間が経っても、その度に胸が張り裂けそうになる。いっそのこと心なんてなくなればいいと思った。せめて、なにも感じなくなればいいって。

放心したり泣き叫んだり。身体を壊すほど犯人を恨んでみたけれど、最終的に行き着くのは後悔だけだった。

あの男と知り合うきっかけになった酒場で働くことを決めたのはあたしだ。あの子を一人にしたのもあたしだ。あの子が望んだのはあたしと一緒にいることだけで、それがあの子にとっての幸せだったのに。

全部、あたしの責任だ」

三田さんが長い長いため息を吐いた。

向かいの歩道を、手をつないだ親子らしき二人が歩いていく。

「その日も布団は二組敷かれて、娘はあたしの布団で眠ってた。冷蔵庫にね……冷蔵庫に、娘が作ったお弁当のおかずが入っていて、枕元にはリュックが用意してあった。あの子が一体どこに行きたかったのか、未だにあたしにはわからない」

ふっ、と彼女は微笑んだ。

「わからないんだよ」

こんなにも悲しい微笑みをわたしは見たことがない。

どうして。

たった一つの希望を。唯一の光を。それを奪う権利など誰にもないはずなのに。自分の命より大事なものを失うことが絶望というのなら、その中で生きていく理由はなんだろう。そんなところへ追い込んだ人間への恨みだろうか。恨む対象がいることが生きていく糧《かて》になるのだろうか。

違う。

違う、そんなんじゃない。

それでも生きていく理由は。

＊

それでも生きていく理由を彼女はこう言った。

──あたしが死んだら、誰が娘を思い出してくれる？　誰の記憶からも消えた時、娘は本当の意味で死んでしまう。あたしは死の瞬間まで娘を想う。それがあたしの生きる理由。

それを聞く前から、わたしにはわかっていた。

母親は忘れないのだ。

我が子を胸に抱いた温もりを。その、春の陽射しのような匂いを。

記憶の中にしか存在しなくても、母親にとっては限りなく現実に近い過去を繰り返し再生することで、いつの間にかそれが生きる縁《よすが》になる。

『ママ』

ひかり──。

『ママ、だっこ』

もう六歳なのに、ひかりは甘えん坊さんね。さあ、おいで。

広げた両手に、確かに感じるひかりの温もり。

辺りが天国のようなまぶしさになる。光が差し込んだのではなく、わたしたちが発光しているのだ。発せられる光はとても細かな粒で、きらきらと輝きわたしたちを包む。

ああ、やっぱりすべては夢だったのだ。わたしはこうして帰って来た。我が家でひかりを抱きしめる。ひかりの甘い匂いがする。

ヒカリ。それは光。あたたかいひかり。

ひかり。わたしのすべて。

わたしは娘の顔を見ようと腕の力を緩める。回した腕の中でひかりが身じろぎするので黒髪がさらさら揺れる。髪が自然と流れ、白い額が現れる。次いで目を閉じた顔が──。ありえない速さでその瞼《まぶた》が開いた時、わたしは見た。

ひかりの眼球がぐるりと回転し、白い被膜がかかるのを。

――あいつらが本性を現すのは一瞬だ。しかも、それが現れるのは一ヵ所だけ。

違う。ひかりは「あいつら」とは違う。わたしはぎゅっと目を瞑る。

――全然別ものの、「なにか」にすり替わる。

違う。わたしの娘は――。

腕の中の温度が下がる。

目を開けると、ひかりが消えていた。わたしの腕は、ひかりを抱きしめる空間を残し暗闇を抱いている。

ひかり――ひかり。

わたしたちを囲んでいた馴染みのある家具が次々と闇に吸い込まれていく。ひかりがいつもお絵描きをしていた折り畳み机、時間の見にくい壁掛け時計。なにもかも吸い込まれ、わたしは独り取り残される。

待って。わたしを置いて行かないで。

待って！


苦しさで目が覚める。

張り裂けそうな胸の痛みが、こちらが現実なのだと証明している。

いつの間に眠ってしまったのだろう。どれくらい時間が経ったのだろう。

——ここはどこなの——。なぜ、わたしが？

辺りを見渡すが、なにも変わりはない。わたしの身にも、なんの変化も起こっていない。扉に寄りかかり、立てた膝に肘をのせ、額を手首に押し当てた体勢で眠っていたようだ。そのせいか身体のあちこちが痛む。

考えなければ、今必要なことを——。

扉に振動。今度こそ、あの男がやって来るに違いない。移動したことがバレたら——拘束していても動けることが知られたら——どうなるだろう！　幾通りものシナリオが瞬時に浮かぶ。痛みも忘れ、わたしは行動を開始した。

元いた場所はどこだったか？　暗闇から見えたのは男の脚、わたしは観察されていた。灯りの下。スポットライトに照らされるように。

鍵穴を回す音。

扉が開く寸前、わたしは床に横になった。

扉の隙間から光が差し込む。男が、その隙間から中の様子を窺《うかが》っている気配がする。わたしは目を閉じ、呼吸を抑える。

扉が閉まり、施錠の音が響く。胸が激しく上下し、冷や汗が吹き出る。

男がこちらへ歩を進める度に、ビニールの擦れる音がする。それに交じって、カチャカチャという音も。

男がわたしのすぐそばに来た。おそらく、わたしの横で膝をついている。

意を決し、わたしは男を見上げた。

恐怖で身体が固まる。男も動きを止めた。

目が合う。

「そんなに構えなくても」

可笑しそうに、男は言う。脇に置いていたなにかに手を伸ばす。それは小振りな箱だ。男は白いワイシャツに包まれた腕を掲げて見せた。

ペンチだ。胃がぎゅっとなる。それが近づく。わたしは固く目を閉じた。

一瞬後、パチンと音がして手首が自由になる。驚いて目を開けると、男の手にはガーゼと消毒液。

「感染症にでもかかったらどうする？」

なに。この男はなにを言っているの？　自分が拘束したのに。

男がわたしの手を取る。咄嗟に身体を退くが、ものすごい力で手首を引かれる。それ以上の抵抗は恐ろしくて、わたしにはできなかった。

男が消毒液をわたしの手首に振りかけた。痛みで涙が滲む。

消毒の後に包帯を巻くと、足首と膝にも同じ処置を施す。拘束を解いたのにはわけがあるのか。なぜ、手当てをするのか。

「これは切れないよ。無駄に痛い思いをする必要はないと思うけど」

「──どうして」

蚊の鳴くようなわたしの声に、男の手が止まる。

「なんで──なんでわたしを──」

男は、苛立ちがありありと浮かんだ目をわたしに向けた。

「なんで、どうして、なんで！」

突如激昂した男を前に、わたしの身体は恐怖で固まった。

男は息を吐きだし、自分を落ち着かせようとしているように見える。

「理由が欲しい──。そうだろ？　理由もわからず辛い想いをするのは理不尽だ」

わたしは肯定の代わりに男をじっと見つめた。

「──理由がわかればその苦痛が和らぐとでも？」

苛立ちを通り越し、男は怒りに包まれていた。

「成美さんはまだいい。憎むべき対象が目の前にいるんだから。最悪なのは、理由もわからず誰を憎むべきなのかもわからないことだ」

乱暴に箱の蓋を閉めると、男はポケットから出したバンドでわたしを再び拘束した。

「今日は忙しくなる」

そう言って、男は部屋を出て行った。
わたしは恐怖に打ち震えていた。
――知らない。
あんな人は見たこともない。
あの男は誰？
誰？

第二章

1

五月の大型連休には毎年悩まされていた。仕事がある。でも、保育園は休園になってしまう。結局仕事を休まざるを得なかった。しかし今年は違う。

「よろしくお願いします。これ、着替えが入っています。なにかあったらここへ電話を――」

「ママ、わたしはだいじょうぶ。お着がえもいらないのに」

まるで大人みたいな口ぶりでひかりが言う。その隣で、三田さんが笑う。

「行っといで。こっちは大丈夫だから」

三田さんの言うことをよく聞くよう言い聞かせ、両手で頬を挟み、行ってきますの挨拶を済ます。

わたしは三田さんに頭を下げた。

彼女は今日も朝からしっかりメイクを施し赤い口紅を引いているが、以前のように奇抜な印象を感じないのも、「誰か」を彷彿《ほうふつ》とさせないのも、彼女の真意がわかったからであり、それは最近の交流の賜《たまもの》でもある。

団地下から三階を見上げると、三田さんの腕に抱かれたひかりが見えた。二人が手を振っている。

わたしは大きく手を振り返した。


「え？　事故⁉」

終業後、誰もいなくなった更衣室で硬いベンチに座り、もなみさんは絞り出すような声で言った。

「そうなの、瞬が事故を起こしたの」

今日一日もなみさんは顔色も悪く、いつもの溌剌《はつらつ》さがまるで感じられなかった。昨日休んだことと関係があるのか心配になって訊ねたところ、まさかの返答だった。

「瞬が加害者で、本人は擦り傷だけなんだけど」

「――――」

もなみさんは、魂が抜けてしまいそうな細いため息を吐き出した。膝の上に載せていた大きなバッグを握りしめる。

「瞬はずっとバイクを欲しがってた。でも、あたしは絶対許さなかった。高校卒業したら乗ってもいいって、それが条件だったし、なにより——不安だったから。でも瞬は、『免許があるのに乗れないなんておあずけ状態はひどすぎる』って。免許さえ取れば、こっちが折れると思ってたみたい。ところが、あたしがいつまでも首を縦に振らないもんだから、最終手段に出た」

「——最終手段？」

「父親に連絡して、一緒にバイク屋へ行ったの」

バッグに突っ伏した拍子にぼすっと音が鳴る。くぐもった声でもなみさんは続ける。

「ホクホク顔で帰って来た瞬の隣で、息子のために一肌脱いでやったみたいな顔した元旦那を見た時——成美ちゃん。あたし、生まれて初めて殺意を抱いたわ」

もなみさんが顔を起こした。翳った目をしていた。

「おととい、事故を起こしたって連絡を受けた時——目の前が真っ暗になった。瞬は、飛び出して来たネコに驚いてハンドルを切ったらしいの。そうしたらその先に男性がいて——接触はしなかったみたい。バイクを避けようとした男性が転倒して、その時に怪我を」

「怪我って――ひどいの？」

「脚を骨折」

「でも……バイクとぶつかったわけじゃないのよね？　転んで骨を折るってことは、相手の方は高齢なの？」

もなみさんがぶんぶんと首を振る。

「ううん。二十代」

十代でも八十代でも、転倒が理由で骨折してしまうことはあるだろう。

「しかも警察官」

それが良かったのか悪かったのか、わたしには判断がつきかねた。

「それがおとといのこと。手術直後には面会できなくて、昨日みんなで謝罪に行って来た。術後で具合も悪いだろうに、その人――一つも責めないの。むしろ、瞬のことを心配してくれて。怪我はないかとか、学校は大丈夫かとか。もう、申し訳なくて」

丸めた背中を、もなみさんは益々丸めた。

「取り返しのつかないことをしたって瞬は思ってるみたいだけど、それが償《つぐな》いになるならいくらでも反省すればいい。でも――一歩間違えば相手の人は亡くなっていたかもしれない。そう考えるとこわくて」

項垂《うなだ》れたもなみさんは、決然とした口調で言った。

「瞬が悪い。それはわかってる。でも、あたしに内緒でバイクの購入に手を貸した元旦那のことも許せなくて。事故の後、あの人も病院に駆け付けた。相手の人が骨折して手術中だって言ってるのに、あの人――『瞬が無事でよかった』――。そう言ったの」

もなみさんがぱっと顔を上げた。

「信じられる？　自分の息子が起こした事故で相手が辛い思いをしてるのに、無事でよかった……って」

もなみさんの言いたいことはよくわかるし、それが倫理に照らし合わせた時の模範解答なのもわかる。

でも――それが意図せずに起こしてしまった場合ならばなおさら――自分の子どもが無事でよかった。そう思ってしまう親心も理解できる気がした。

「元旦那のことを責めた。あなたは息子に凶器を与えたんだって責めた。――今はしおらしくしてるけど、ほとぼりが冷めたらツーリングに行こうとか言うのよ、きっと。そういう人だもの。わかってるのよ、そういう人だって。だから離婚したんだけど」

身体がしぼんでしまうのではないかと心配になるくらい、もなみさんはため息を吐いた。

「瞬と待ち合わせて、これからお見舞いに行くの。ご家族にも謝罪しないといけないし」

　もなみさんは頭を抱えた。

「子育ては一段落したけど、親の責任は死ぬまで続くのね。頭ではわかっていたけど、今回それを痛感したわ」

「もなみさん……」

　ゆっくりと顔を上げたもなみさんは、バッグの上で頬杖をついた。

「赤ちゃんの頃は、無事に大きくなってくれることだけを願ってた。でも今は——加害者にも被害者にもならないでほしい。そう思ってる」

　わたしもそう思っている。

　それはきっと、すべての親の願いだ。

「さて。行ってくるね」

　もなみさんはため息を吐きながら立ち上がった。

「成美ちゃん、お疲れさま」

「あの……もなみさんも、無理しないで」

　もなみさんはふっと微笑んだ。

「ありがとう」

わたしはなにもできないもどかしさを感じながら、もなみさんが更衣室から出ていくのを見送った。

団地に着いた時、ひかりと三田さんは「ちっちゃい公園」で砂山を作っているところだった。

「ママ、おかえりなさい！」

わたしに気付いたひかりが飛んでくる。三田さんは、難儀そうに立ち上がると笑顔を見せた。

「遅くなってすみません」

「早すぎるくらいだよ。もっと遅くたってよかったのに」

三田さんとひかりは「ねー」と顔を見合わせる。元気そうにしているが、三田さんは明らかに疲れている。

「ありがとうございました。本当に助かりました」

三田さんはいいのいいのと言いながら、顔の前で手を振った。

「おかげであたしも楽しかったし。今日は公園へ行って沢山遊んだよね、ひかりちゃん」

「うん！」

「お昼もよく食べてお絵描きもして。でも興奮してたのか、お昼寝はしなかった」

わたしは頭を下げた。

「ありがとうございます。ほら、ひかりもお礼を言って」

ひかりは気を付けの姿勢をとると、

「おばあちゃん、おせわになりました」

と頭を下げた。三田さんと目が合った一瞬後、わたしたちは吹き出した。

大人に笑われる理由がわからないようで、ひかりはびっくり顔だ。

「ああ、おかしい。ひかりちゃんは本当にしっかりしてるね。さあ、帰ろう。ご飯の支度をしなくっちゃ」

三田さんがひかりの肩に手を置く。階段を目指して歩いていたひかりが、なにかに気付いたように道の向こうに顔を向ける。視線の先には一台の車が停まっていた。

車体側面には「ヤマ　デンタル器材」と書かれている。車の向こうには古い二階建ての家。

ひかりを見ると、胸の前に右手を置き、まだ車を見ている。

「ひかり？」

はっとしたようにわたしを仰ぎ見ると、ひかりは、

「カタカナ読んでた」

と言った。

「ちゃんと読めた？」

「読めたよ、だいじょうぶ」

「今度は、簡単な漢字もお勉強しようね」

「じゃあ明日は、ばあちゃんが漢字を教えてやろうかね」

三田さんの言葉に、わたしとひかりは立ち止まった。ひかりは嬉しそうに。わたしはびっくりして。三日間お世話になる予定だったが、今日の三田さんの疲れた様子を見ると、明日は無理かもしれないと思っていたからだ。

「なに。あたしには漢字の読み書きができないと思っていたのかい。さあさあ、帰るよ」

ひかりがぴょんぴょんと階段を駆け上がっていく。感心と呆れの交じったような表情で、三田さんはその様子を眺める。

「あんなに遊んだのに――子どもは元気だねえ。一緒にいると、余計に自分の歳を感じるよ。まったく、歳は取りたくないねえ」

階段を上りかけた三田さんがふいに振り返った。つられてわたしも振り返ったが、見るべきものはなにもない。三田さんに視線を戻すと、彼女はまだどこかを見ている。その目の動きは、なにかを探しているようにも見える。わたしはもう一度彼女の視線の先を追ってみたが、わずかな煌《きら》めき以外やはりなにも見つけられない。そうこうしているうちに、三田さんが階段を上り始めた。

「ママおそーい！」

ひかりの抗議の声。小動物のような機敏さで、すでに部屋の前に着いたのだろう。

「今行くー！」

わたしと三田さんはひかりの元へ向かった。


やはり三田さんの疲れは相当だったようだ。

翌日、わたしとひかりがインターフォンを押すと、いつもならバッチリ化粧をした三田さんがすぐに扉を開けるのだが、今日は様子が違った。何度押しても扉が開く気配はない。まだ眠っているのだろう。できれば起こしたくない。でも、このままだと仕事に遅れてしまう。

申し訳ないと思いつつ、わたしは三田さんの携帯に電話をかけた。

コール音が繰り返される。コール音五回を数えた時、さすがに不安になってきた。まさか中で倒れて――。

「もしもし」

ガラガラの寝起きらしい声。

「後藤です」

それだけ言うのがやっとだった。こちらの都合で起こしてしまった迷惑も忘れ、わたしは安堵で胸が詰まってしまった。

電話口で三田さんが絶句する。電話の向こうのバタバタする気配が、すぐに扉の向こうに聞こえた。

ドアが開いて起き抜けらしい三田さんを見た時、わたしは場違いな小さな感動を覚えた。

三田さんは、化粧をしていない方がずっと若く見えた。

「寝坊しちゃった！」

ウェーブのかかった髪はボサボサ、口紅も引いていない三田さんは、子どものような口調でそう言った。

「起こしてしまってすみません。あの――」

「行って行って！　ああ、ごめんね、ひかりちゃん。後藤さんも、悪かったね。さあ、行って」

三田さんの慌てた様子がおかしかったようで、ひかりはこっそりとわたしを見上げ微笑んだ。

いつもより十分遅刻だ。でも、支度を急げば始業時間には間に合うだろう。

慌てて更衣室に飛び込もうとした時、中から聞こえた「後藤さん」という言葉に思わず足が止まる。「――やっぱり、シングルマザーだと色々大変ですね」

渡辺さんの声だ。

「は？」

「やだ、木村さんのことじゃありませんよ。木村さんはバツイチじゃないですか」

「なにが言いたいの？」

「木村さんはバツイチシングルマザーだけど、後藤さんは未婚の母ですよね。いくら子どもの世話をしてくれる人がいないからって、普通、赤の他人に大事な子どもを預けたりしませんよ」

大型連休中、子どもの預け先はあるのかと渡辺さんに訊かれ、お向かいさんに世話を頼んだという話をしていた。

「だから、なにが言いたいのよ」

ドアノブにかけていた手のひらが、じっとりと汗ばむのを感じる。

「離婚していても、子どものことは話が別ですよね。木村さんのところだって、息子さんのことで父親が駆けつけたって、さっき言ってたじゃないですか」

「それは――」

「他人に子どもを預けるなんてどうかしてますよ。そんなことするくらいなら、父親に頼みませんか？　父親がなにもしないってことは、そもそも結婚できなかった理由があるからですよね。結婚できない理由って、相手が既婚者だからじゃないですか？　だから父親はなんの手助けもしないんじゃないですか？　既婚者との間の子を産むなんて――」

「あのさあ。離婚の理由も未婚の理由も人それぞれなの。それに、結婚『できなかった』って、どうして決めつけるの？　できなかったわけじゃない、『しなかった』とは考えられない？」

もなみさんだけは我が家の事情を知っている。彼女が家に来た時、ひかりの父親の写真も見ているし、その時にわたしの身の上も話してある。

もなみさんが今それを言わないのは、当事者がいないところでうわさ話をするのを嫌う、彼女の竹を割ったような性格ゆえだろう。

「考えが安直すぎるのよ」

もなみさんの窘めに、渡辺さんはすかさず言い返した。

「安直なのは後藤さんですよ。未婚で子どもを産むなんて身勝手だわ。子どもが可哀想よ！」

突然の激昂に、わたしは思わずドアノブから手を離した。

「ちょっと、奈穂ちゃ——」

「だって不公平じゃないですか！　未婚で、しかも特別子どもが欲しかったわけでもない後藤さんが健康な子どもを出産できたのに、既婚で、なんとしてでも子どもが欲しい私は妊娠すらできないなんて！　——後藤さん、笑ったんですよ。私が、不妊治療してひかりちゃんを授かったのかって訊いた時。妊娠できない私を蔑《さげす》むみたいに」

思いがけない彼女の言葉は、わたしを一気に記憶の渦に呑み込んだ。

あの時——。あの時、わたしは自分自身を笑った。身体は歳を取っているのに、気持ちばかり若い自分に気付いて、それが可笑しくて笑った。

でも——彼女の目にはそんな風に映ったのか。

「——こんな不公平ありますか？」

わたしはゆっくりとドアノブに手をかけた。

今入って行ったら気まずいのは承知の上だ。でも、誤解を解きたかったし、なにより渡辺さんに謝りたかった。

音もなくドアが開いたせいか、誰もわたしに気付く気配もない。

もなみさんが、俯いている渡辺さんに歩み寄る。もなみさんの手が肩にかかる寸前、渡辺さんは顔を上げた。

「でも——よかった」

「え？」

渡辺さんの顔にはうっすら笑みが浮かんでいる。

「子どもなんていなくてよかった。赤の他人に子どもの世話を頼んだり、そんなの心配の種がつきないもの。子どもが事故に遭ったり遭わせたり、私なら耐えられない」

その一言で、もなみさんから感じていた憐憫の情がすうっと消える。彼女は真っすぐに渡辺さんを見据えた。

「既婚で、いくら若くても、人の痛みがわからないあなたには耐えられないでしょうね」

もなみさんは今、世界で最も強い者の顔をしている。

「あたしたちには耐えられる。あたしたちは母親だから」

母親の顔だ。

天井を仰ぎ、もなみさんは腕を組んだ。

「店長にチクったのが誰だかわかったわ。――ねえ、よく聞いて」

渡辺さんに向き直ったもなみさんは、聞き分けのない子どもを諭す母親のような顔をしていた。

「人生、誰もが無傷じゃいられないのよ。傷ついて傷ついて、満身創痍《まんしんそうい》でみんな生きてる」

もなみさんは組んでいた腕をほどき、両手を渡辺さんの肩に置いた。

「あなた自身も傷だらけなの。それに気付いてる？」

渡辺さんが顔を上げる気配はない。それでも、もなみさんは続ける。

「倒れかかった人には肩を貸して、自分が倒れそうな時には肩を借りて、それが人生じゃない？」

ふうっと、もう一度ため息を吐くと、もなみさんは渡辺さんの肩から手を離した。体勢を変えた拍子に、視線がわたしを捉える。

もなみさんがわずかに口角を上げた。そしてまた渡辺さんに向き直り、声をかけた。やわらかな声だった。

「妬みは、自分自身を不幸にするだけよ。自分にないものを欲して、いくら他人を妬んで羨《うらや》んでも、決して手には入らない。他人と比べるのを止めると、生きるのがずいぶん楽になるはずよ。

考え方一つで、幸せにも、不幸にもなるわ。自分を幸せにできるのは自分だけだもの」

渡辺さんはなにも答えなかった。でもそれが、彼女なりの返答のようにわたしには思えた。

2

大型連休中最後の勤務を終え、わたしは三田さんの部屋の前に立った。指をインターフォンの押しボタンに触れるのと同時にドアが開いた。

「静かに。ひかりちゃん、寝てるから」

部屋に入るよう、三田さんが手招きする。音をたてないように三田さんの後について行くと、ひかりは和室の長座布団の上で眠っていた。

和室と台所を仕切る硝子《ガラス》戸を半分閉めると、三田さんはわたしに二人用のダイニングテーブルに座るよう言った。腰を下ろしたわたしに、

「これを買う時店の人に、一人暮らしだから椅子は一脚でいいって言ったんだけど、そういうわけにはいかないって言われてさ。こっちがあたしの指定席だから、そっちの椅子はひかりちゃんが座るまで誰も座ったことがなかった。やっと役に立てたって、椅子も喜んでるかもしれないね」

首を伸ばし、三田さんは和室で眠るひかりを見つめた。

「ひかりちゃん、昨日もおといも昼寝しなかったから、さすがに今日は疲れたみたいで一時間前から眠ってる」

硝子戸の間から、なんの悩みもなさそうなひかりの寝顔が見える。

「本当にいい子だよ、ひかりちゃんは」

憂いに満ちた彼女の横顔は、孫を想う祖母そのものだった。

悪夢のような出来事さえなければ、もしかしたら本当に祖母であったかもしれない。そう思うと、たまらなく胸が締め付けられた。

テーブルに向き直った三田さんは手際良くお茶の支度を始めた。その手元を見つめていると、一人の少女と目が合った。ダイニングテーブルの隅に置かれた写真立ての中で、少女は屈託《くったく》なく笑っている。

わたしの視線に気付いたのか、三田さんは湯呑みにお茶を注ぎながら、

「あたしの娘。かわいいだろ？」

と言った。わたしが頷くと、三田さんは満足そうに微笑んだ。わたしの前に水色の湯呑みを置いて、

「そう、とってもかわいい子なんだ。思いやりもあって、性格もよくて。料理だってできるし、自慢の娘だよ。担任の先生も感心してた。お母さん、明恵《あきえ》ちゃんは本当にやさしい子ですって」

写真の少女は幸せそうだ。明日もあさっても来年も十年後も、ずっと。

今の幸せが永遠に続くと信じて疑わない笑顔だ。この少女だけじゃない。誰が、将

来——明日にも——命を奪われるなどと考えながら生きるだろう。そんなことは想像もしないはずだ。

名前を持たなかった「三田さんの娘」が、これまで以上に鮮明に形を成す。それはとても、とても辛いことだった。

「明恵っていうんだ、あたしの娘。明るい恵みって書くの。一人でいる時は写真に向かって名前を呼んでる。人に話す時、娘の名前を呼ぶとね——娘の話をしたのは後藤さんが初めてだったけど——辛くて耐えられないんじゃないかと思ったんだよ」

あの話をしてくれた時、三田さんは一度も娘さんの名前を口にしなかった。

そして今、三田さんは、決して過去形で明恵ちゃんの話をしない。

「相手が後藤さんだからなのかもしれないけど、明恵の名前を呼んでも辛くはない。むしろ、いい気分だ。明恵のことを知ってもらえて」

「明恵ちゃん、すごくかわいいです。それに、きれいな名前ですね」

三田さんは嬉しそうに、

「そうだろ？　あたしがつけたんだ」

と胸を張った。

「三日三晩寝ないで——ってのは大袈裟《おおげさ》だけど、ずいぶん悩んでつけた名前なんだ。明るく周囲の人を照らすような、恵みを与えられるような子になってほしいって。あと、できれば、すべてにおいて恵まれるように。――欲張りな名前だよね」

「親なら誰でもそうですよ。名前に願いを込めるのは」

「ひかりちゃんは――」

「そのままの意味です。ひかりは、わたしにとって光です。ひかりが産まれた時、この子はわたしの光だって、そう思ったんです」

三田さんは、穏やかな目でわたしを見つめた。そこに見えるのは、子どもを慈しむ母親特有の光だ。

「そうだね。どの子も、親にとってはかけがえのない光だ」

三田さんは、彼女の光を手にした。

「あたしの光は、もう目には見えないけれど――でも、ずっとここにいる」

そう言って、明恵ちゃんを胸に抱きしめた。

「ずっとね」

心がじんわりとあたたかくなる。春風に包まれたような心地よい温もりは、泣きたくなるほど切なくもある。

硝子戸の向こうからひかりに呼ばれたような気がした。和室のひかりを見ると、まだよく眠っている。

三田さんは今でもきっと、明恵ちゃんの声を聴くだろう。明恵ちゃんの匂いや温もり、気配さえも。

携帯電話を取り出した三田さんは帰り際、わたしの携帯番号を登録してほしいと言った。

「買った時にやり方を教わったはずなんだけどね。ほとんど必要がないから忘れちゃったよ」

言いながら、携帯電話を差し出す。

冷蔵庫の扉にわたしが渡したメモが張ってあったのはそういうわけだったのか。

「必要な時はいつも相手にやってもらうんだ」

登録し終わったアドレス欄を見ると——。

「笑っちゃうだろ」

病院、歯医者、薬局、役場。

個人名で載っているのはたったの一件だった。

「あたしの人生を端的に表してる」

三田さんはさみしそうに笑った。

わたしは、ちょっとお借りしますと断って、玄関で靴を履いているひかりに外へ出るよう促した。

扉の向こう側がオレンジ色に染まっていた。

「ひかり、そこに立ってママの方を向いて」

なにごとかといった表情を浮かべている三田さんの背中を押し、ひかりの隣に立たせる。慣れたもので、携帯を向けられたひかりはピースサインを作る。

「三田さん、わたしの方を見てください」

三田さんはぎこちない動きで指示に従う。

「おばあちゃん、いいお顔でね」

ひかりの声掛けで、三田さんの表情がぐっとやわらかくなった。

三田さんの携帯電話でおそらく初めての写真を撮ると、早速待ち受け画面に設定した。

「勝手なことしてすみま――」

言いかけた言葉をわたしは飲み込んだ。三田さんの顔を見れば、お詫びは必要ないとわかったから。

3

五月三十一日。

六年前の今日、ひかりは産まれた。予定日より二週間早く、まるで梅雨の六月を避けるように急いで出てきたように感じた。

一人きりで、しかも初めての子育ては苦難の連続だった。体力、金銭面の苦労、周囲への配慮の気苦労、将来への不安。そんな苦労を吹き飛ばしたのは、ほかでもないひかりだった。

ひかりが笑う。ただそれだけでわたしの苦労は帳消しになる。

ひかりが寝返りを打つ、はいはいをする、立つ、歩く、しゃべる。その「初めて」を共に喜べる相手がいないことだけが悔やまれたが、家族ができた喜びはなににも勝った。

「成美ちゃん、なにか良いことあったの？」

更衣室で着替え終わったもなみさんがわたしに訊ねる。

「え？　どうして？」

「今、はなうた歌ってたから」

全く無意識だった。

「しかも、ＣＭの曲」

わたしは思わず吹き出した。

「そうだった？　多分それ、ひかりがいつも歌ってる曲よ」

お絵描きの時、ひかりがセリフ付きで歌っている曲だ。

「今日、ひかりの誕生日なの。だからかしら」

もなみさんはわたしに顔を向けた。

「誕生日？　おめでとう！　ひかりちゃん六歳になるの？」

わたしが頷くと、もなみさんはロッカーの扉を閉めながら、

「五月生まれなんだ、ひかりちゃん。ぴったりの名前ね。ほら、五月って新緑がきれいな時期じゃない。特に長野は」

「山に囲まれてるから」

「そうね。五月だけは長野も好きだな」

わたしは気になったことを訊ねた。

「もなみさん出身は？」

「和歌山。いいところよ。冬だってここみたいに寒くないし。瞬が高校卒業したら戻ろうかな」

「え!?」

「あ。成美ちゃん、今、さみしいとか思ってくれた？　ありがとう、あたしもだよ。まだそうと決めたわけじゃないんだけどね。

大体さ、生まれ育った和歌山より、長野で暮らした時間の方が長いんだよ！　それ

ってちょっとすごいことだよね」

わたしも、長野で暮らした時間が一番長い。ただ、帰る故郷のないわたしにとって、それは特別さみしいことではなかった。もなみさんは、やはり故郷が恋しいのだろう。

「瞬が高校卒業したら、進学先か職場が自宅から通える距離でも、別々に暮らすって決めてるの」

わたしは、思わず着替えの手を止めてもなみさんを見た。

「自立しないと。一人で生きていけるように。これは、お互いのために」

決然とした口調だった。

「瞬が小さい頃は、あたしの世界のほとんどは瞬でできてた。彼がすべて——みたいに生きてきたけど、よく考えたら別人だからね、あたしと瞬は。親子だけど、瞬はあたしのものじゃない」

その考えに、わたしはハッとした。

「分身でもない、所有物でもない。彼は、あたしとは別の意思を持った人間なんだって気付いたら、思い通りになんてならなくて当たり前じゃないって思えたの」

わたしはどこかで、ひかりは自分のもの——わたしの分身——のように思っていた。

「だからこそぶつかってケンカもするし、バカ息子はあたしのいうことをきかずにバイクなんか買って事故も起こしたりするんだけどね」

瞬君の事故の相手はまだ入院中だが、被害者の意向もあり、高校でも大ごとにならずに済んだと聞いた。

もなみさんの目が優しくカーブを描く。

「旦那とダメになった時、帰りたいって思った。一人で不安だったし、自分が失敗して負った傷と、子どもを育てる責任の重みを、誰かに担《にな》ってほしかったんだと思う。でも戻れなかった。旦那と結婚する時、駆け落ち同然で出てきたの。父が勘当だー！とか言って、ドラマみたいな展開になっちゃってさ。母とはこっそり連絡とってたけど、なんだろうね、意地だったのかなあ。それで二十年も長野に住み続けてる。長野もいいとこだってわかってるんだけどね。冬の寒さと雪さえなければ」

もなみさんはカラカラと笑う。

「不思議なの。あたし、山に囲まれて生活した時間の方が長くなってるのに、やっぱり海が恋しいの」

「海――」

「そう。海が見たい。潮風にあたりたい。磯の匂いや波の音、水平線、砂浜。全部が恋しい」

「………」

「成美ちゃん、出身どこだっけ」

「――山梨」

「そっか。じゃあ、緑に囲まれてる方が落ち着くのかな」

「……そうかも」

もなみさんは会話を切り上げると更衣室を出て行った。

わたしはロッカーに備え付けられた小さな鏡を見つめながら思う。

海が恋しいと言うもなみさんには言えないが、わたしは海が苦手だった。

父の仕事の関係で、福井、石川、新潟に十五年近く暮らしたが、とうとう海を好きにはなれなかった。

十一歳の時、生まれて初めて海を見た。それまで海水浴――家族旅行自体――に行ったことがなかった。

初めて海を見た時のことだ。

父の運転する古いバンの助手席で、わたしは窓枠に肘をかけ頬杖をついていた。心ここにあらずといった状態だった。母の失踪、学校でのいじめ、世間のつめたさ。どれもが、少女の心を閉ざさせるには充分だった。

田んぼばかりの道を走る。これなら山梨の方がずっと都会だ。少女はぼんやりとそんなことを思う。曲がりくねった山道に入る。下りにさしかかった時、連なった屋根の隙間にきらりと光るものを見る。石のように凝り固まっていた少女の心が浮き立つ。

山道を脱し、長い坂道を上る。バンが失速する。父が言う。車に沢山荷物が載っているからだ、大丈夫。もうすぐ海が見える。

もうすぐ海が見える。

それは、太陽の光を受けてキラキラと輝いていた。宝石をちりばめたみたいだ。少女は、それが永遠に輝き続けるんじゃないかと思う。広大な宝石箱だ。すごいものを手に入れた。

裸足で砂浜を歩く。指の間に細かな砂の粒が入り込む。くすぐったいような、楽しい感触だ。

打ち寄せる波が少女を誘う。海水は冷たかったが、少女は膝まで浸かる。波が返る時、少女は不安になる。

波は、少女の膝裏に手をかける。

どこへ行こうというの。

何度も何度も。

それはずっとずっと少女を誘う。

永遠に。

咄嗟に思う。こわい。

海は怖い。

海辺の学校では、水泳の授業を海で行った。わたしは我慢して水に入る。クラスメイトたちはスイスイと泳ぐ。彼らの泳ぎは人魚のように滑《なめ》らかで美しい。見ている方が心配になるほど遠くまで泳いでいく。羨望の眼差《まなざ》しを向けながら、わたしは浅瀬で彼らを待つ。

波が。

波さえなければ。

夜の海が一番怖い。宝石箱の蓋《ふた》が閉められた夜の海は、漆黒の闇を纏ったモンスターだ。

それはザン——ザンと吼《ほ》える。おいで、おいでと言うように。

生まれた時から近くに海があったら、もなみさんのように海を恋しいと思えただろうか。

——おそらく違う。たとえ生家が海沿いの家だったとしても、きっとわたしは海が怖かっただろう。

あの、永遠に繰り返されるいざないが。

「成美ちゃん、待って!」

終業後、買い物を終えたわたしは駐輪場へ向かっていた。振り返ると、もなみさんが息を切らせながらこちらへやって来る。

「これ。ひかりちゃんに」

彼女が差し出したのは、かわいいくま柄の包みだった。戸惑っているわたしに、

「お誕生日プレゼント」

そう言ってニッコリと笑った。

「え——あの」

「今日が誕生日だって知ってたら、ちゃんと用意したんだけど」

「あの、もなみさ——」

「自由帳と、色鉛筆。ひかりちゃん、お絵描き好きでしょ? 来年は、もっといいものの考えとく」

「でも、こんな——悪いわ」

もなみさんは目を真ん丸にして、

「どうして?」

と訊いた。わたしが口ごもりながら瞬君の誕生日を問うと、

「瞬はもう誕生日プレゼントもらうような歳じゃないよ。それに、もなみ『ちゃん』って呼んでくれるのはひかりちゃんだけだもの。あたしの大事な友だちよ。友だちに誕生日プレゼントあげるのは普通でしょ」

もなみさんの答えはメチャクチャだったが、なにより彼女の気持ちが嬉しかった。

「ありがとう」

わたしは包みを受け取った。

「直接渡したかったけど、瞬と一緒に事故の相手のお見舞いに行くから」

不謹慎だって叱られるかもしれないけど――そう前置きして、もなみさんは打ち明け話をするようにわたしの耳元で、

「その人の先輩、かっこいいの」

とキラキラした目で言った。

「え？　もなみさん――」

「変な想像しないでよ、成美ちゃん。イケメンは見てるだけだからいいのよ」

「え、でも――」

もなみさんはあきれたように笑った。

「あたしの恋愛ホルモンは瞬を産み落とした時にきれいさっぱり消えたの。イケメンを見るのは癒しのためで、それ以外のなにものでもない。今日もあの人来てるといい

な」

　うきうきした様子のもなみさんを見て、わたしは思わず笑った。

「ひかりちゃんに、お誕生日おめでとうって伝えてね」

「ありがとう。もなみさん、本当にありがとう」

「ちょっと成美ちゃん、中身が宝石とかお金ならともかく――」

「ううん。ありがとう」

　もなみさんは微笑みを広げると、

「じゃあ、また明日！」

　そう言って、片手を上げた。もなみさんの後ろ姿を見ながら、わたしは包みを胸に抱いた。

　ひかりが、わたし以外の誰かから誕生日プレゼントをもらうのは初めてだ。どんなに喜ぶことだろう。

　もなみさんの気持ちが嬉しくて、ひかりの笑顔が目に浮かんで、わたしはたまらなく幸せな気分になった。

「え？　いいの？」

　わたしが笑顔で頷くと、ひかりの顔がぱっと輝く。

「──ほんとのほんとに？」

「ほんとのほんとに」

パティスリー森田《もりた》。この店は、ひかりの──わたしたちの──憧れだった。ガラス張りになっているので、外からもショーケースの中までよく見える。この店の前を通る度、ひかりはそっと店内に目をやっていた。わたしに気を遣って、そっと。

店内に入ると、ひかりは魅せられたようにショーケースに近づく。

憧れを見つめるひかりは、はあっと感嘆の吐息を漏らす。並ぶデザートは、どれも完璧に美しく、儚《はかな》かった。ひかりは順々にそれを見ていく。時間をかけて、ゆっくりと。それがまるで、決して手に入らないものを見つめているかのように見えて、切なさと申し訳なさで胸がいっぱいになる。

「きれいだね」

わたしが言うと、ひかりがこちらに顔を向ける。頬がピンク色に染まって、本当に嬉しそうな顔をしている。

「うん」

「どれにしようか」

わたしの問いは、ひかりを現実に引き戻す作用があったようで、わずかにひかりの表情が引き締まった。向き直ると、ショーケースの前を行ったり来たりし始めた。そして、ある商品の前で足を止めた。

「これ」

ひかりが指さす先にあったのは、「シュークリーム」１３０円。

「ひかり――」

胸がぎゅっとなり、涙が込み上げる。あわててそれを押し留める。ここで泣くわけにはいかない。気持ちを落ち着かせるために何度か深く呼吸する。それからひかりに、

「どれでも好きなの選んでいいんだよ」

と言った。ひかりが戸惑った表情を浮かべる。

たった六歳の娘に、わたしはなんて顔をさせているのだろう。不甲斐なさに、急ごしらえの涙のダムが決壊しそうになる。

声が震えませんように。泣き出しそうな笑顔に見えませんように。

「ひかりの一番欲しいケーキにしようね」

わたしの「ほんとう」が伝わったようで、ひかりはニッコリと微笑んだ。

ひかりが選んだのは、チョコレートでコーティングされたくまの形のケーキだった。

「お誕生日？」

優しい声だった。

真っ白なエプロンをかけた高齢の女性が、ショーケースの向こうからひかりに問いかける。ひかりが頷くと、笑顔のまま、

「それはおめでとう。何歳になったの？」

と訊ねる。ひかりはもじもじしながら答える。

「六歳です」

「そう。もう、おねえさんね」

綺麗《きれい》な白髪に、顔には沢山の皺。沢山の「おめでとう」を見てきた目。その目はとても優しかった。

「おねえさん？　きょうだいはいないけど——」

ひかりが言うと、女性は笑みを広げた。

「お名前は？」

ひかりが「答えていいの？」という顔でわたしを見上げる。わたしが微笑むと、

「後藤ひかりです」

と答えた。

「いいお名前ね」

ひかりは誇らしげな、でもちょっと恥ずかしそうな顔で笑った。

「くまさんのケーキがいいのかしら？」

わたしは女性に、それを二つ、と答えた。女性はケーキを取り出すと、箱詰めするから待つように言って、店の奥へ姿を消した。

ひかりを見ると、嬉しくてたまらないといった様子で女性が出て来るのを待っている。

「今度は、ひかりが一年生になる時に来ようか」

ひかりの顔が益々輝く。

「うん！」

「来年は小学生だね。秋になったらランドセルを買いに行こう」

「ランドセル？　わたし、赤のランドセルがいい！」

「赤？　ピンクか水色じゃなくて？」

わたしが小学生の頃は、男の子は黒、女の子は赤、とランドセルの色を決められていた。それ以外の色はなかったように思うのだが、今は選びきれないほど沢山の種類があるようだ。

ひかりが選ぶのは、好きな色のピンクか水色と思っていたので、思いがけない答えに驚いた。

「どうして赤がいいの？　他にも沢山あるのに」

「いいの。どうしても赤いランドセルがいいの」

突然おねえさんになったような顔で、わたしの娘はそう言い切った。

「そう……でも、いろんな種類があるみたいだから、見に行こうね」

「うん」

ランドセルの購入は年々早まっている。入学する年に買うのは少数で、入学前の夏、早ければ春に購入することもあるそうだ。それを知った時は、約一年間もランドセルを保管するのか——と驚いたものだが、実際に手元に届くのはずっと先のことらしい。

赤いランドセルならば、慌てて買いに行かなくても残っているかもしれない。それにしても——。

来年、この子はランドセルを背負い、一人で小学校に行くのだ。

わたしは六歳になった娘を見た。まだまだ小さな子どもだと思っていたのに。ずっと、小さな子どもだと思って。

——親子だけど、瞬はあたしのものじゃない。

もなみさんの言っていたことが思い出される。

ああ、こういうことなのか。

わたしがいなければなにもできなかった赤ちゃんが、立って、歩いて、自分で食べて。一人で眠って自分の意見を言えて。ランドセルを背負って学校へ行く。どんどん大きくなって、彼女は一人でなんでもできるようになる。

そうやって、少しずつわたしの手から離れて行って、いつか完全にわたしの元から巣立っていく。それはとても喜ばしいことで、しかもそうでなければ困るのに、どうしてか今はそうなることが少し寂しい。

わたしはだめな母親かもしれない。

子離れできないことだけじゃない。ひかりを父親のいない子にさせた。一般家庭より貧しい生活をさせている。切り詰めた生活は、ひかりの進学費用に充てようと貯金をしているせいもあるが、充分な額が貯まる頃には、ひかりはとっくに成人しているだろう。

わたしなりに精一杯やってきたつもりだが、それがひかりにとって最善だったとは言えない。もっと立派な、ちゃんとした両親の元で育っていたら――。

「お待たせしました」

店の奥から、両手でケーキ箱を持った女性が出て来た。初めて会った彼女に、わたしがだめな母親だと見抜かれてしまいそうな気がして思わず俯いた。

「袋に入れましょうか」

会計を済ますと、女性が言った。ひかりが持てるよう気遣ってくれたのだ。お願いすると、女性はカウンターの下から店名の入ったビニール袋を取り出し、丁寧な手つきで箱を入れる。

「お誕生日おめでとう、ひかりちゃん。いい一年を過ごしてね」

袋をひかりに手渡しながら、女性が言う。照れたように、しかしはっきりと、

「ありがとうございます」

ひかりは笑顔でそう言った。


店を出ると、ひかりはケーキを見たいと言ってわたしを困らせた。

「お家に帰ったらね」

「ちょっとだけ。ねえ、ママお願い」

ひかりはくねくねと身体をよじらせる。その仕草が可笑しくて、わたしは笑った。

「見るだけよ？」

目を輝かせたひかりは無言でうんうんと頷く。わたしはその場にしゃがみ、ひかりが提げていた袋を膝の上に置いた。ひかりの期待に満ちた顔。蓋をとめていたシールを剝がす。ひかりが身を乗り出す。

「わあっ」

蓋を開けた瞬間、ひかりが歓声を上げた。

くまのケーキの横に「6」の数字のデコレーション用ろうそくと、チョコレートのプレートが二つ置かれていた。

一つには「ひかりちゃんおたんじょうびおめでとう」

もう一つには――「ママ六才おめでとう」

「ママ、ママはどうしておめでとう？　ママのお誕生日は今日じゃないでしょ？」

「――ママがママになって、今日が六歳のお誕生日だから」

わたしは蓋をしっかりと閉じると立ち上がった。そうして、店に向かって頭を下げた。

時に、他人から心に傷をつけられることがある。

でも時に、他人から温もりを与えられることもある。

ちょっとした優しさや思いやりが、今日を過ごす糧になり、明日を迎える希望になる。できることならわたしも彼女のような人でありたい。

頭を上げると、隣でわたしの真似をして頭を下げるひかりが目に入った。頭を上げたひかりの手を取り、わたしはもう一度頭を下げた。

自転車のカゴには、ひかりの大好物であるエビ春巻きの材料が入っている。使い古した布製のショルダーバッグには、もなみさんからもらったプレゼントが。

くま柄の包みに、くまのケーキ。それを前にしたひかりの顔が目に浮かぶ。喜ぶだろうな。それを見て、わたしはたまらなく幸せな気持ちになるのだ。

自転車が蕎麦屋の前にさしかかる。

店の外で寝そべっていた茶色の犬が、頭を上げたと思うとさっと立ち上がった。睫毛も白くなりかけた老犬を俊敏に動かす「何か」がわたしにはあるようで、この道を通る度に同じことが繰り返される。

威嚇の姿勢をとる犬がまさにわたしに吠え立てようとした時、後ろからひかりの声が飛ぶ。

「だめだよ。これは、わたしのケーキ」

後ろのチャイルドシートで、しっかりとケーキの箱を抱えたひかりが窘める口調で言う。

ひかりを見つけた老犬は、ちぎれんばかりに尻尾を振る。何度見ても、彼の変わり身の早さには驚くばかりだ。

「またね」

大好きな女の子にさよならを告げられ、老犬はさみしそうに鼻を鳴らした。

蕎麦屋の隣の建物を曲がると、広い一本道に出る。

わたしはペダルを漕ぐ足に力を入れた。

ひかりを初めて自転車に乗せた時、落としてしまわないかヒヤヒヤした。ベルトが締まっているのを何度も確認し、汗をかいた手でハンドルを握った。

そうやって必死に生きてきた。

トンネルのような木々の間に入る。重なり合う葉が活き活きと輝く。緑と光のシャワーは、わたしたちを祝福しているかのように降り注ぐ。どうしてもひかりの顔が見たくなって、わたしは振り返る。木漏れ日に頬を照らされたわたしの娘は、目を瞑り、顎を上げていた。新緑のエネルギーを全身で受け止めているようだ。その姿に魅入っていると、ハンドルがブレて蛇行運転になる。

「ママ、あぶなーい」

ひかりが面白がったように言う。わたしは、自身の作り上げた孤独の鎖にがんじがらめになっていた。

はじめは独りだった。それを断ち切ってくれたのはひかりだった。

六年前の今日、わたしたちは家族になった。

わたしたちは二人で生きてきた。わたしたちなりの精一杯で、生きてきた。

自転車がスピードを上げる。ひかりがはしゃいだ声を上げる。

「ママ、もっと速く！」

ひかりはわたしのものではない。

でも、わたしたちは家族だ。

ひかりに惜しみない愛情を注ぎ、できる限りのことをしよう。

それこそが、わたしにしかできないことだから。

わたしの晴れ晴れした気持ちは、築三十年の千曲川団地さえ輝かせて見せた。

「早く、早く、ママ」

自転車を「ちっちゃい公園」の近くに停めると、まだチャイルドシートに座っているひかりがわたしを急かした。

「そんなに急がなくても、ケーキはなくならないよ」

ベルトを外す。

「だってもう一回見たいんだもん。くまちゃんのケーキ、ママも見たいでしょ?」

「さっきお店の前で見たじゃない」

「ママがぐにゃぐにゃ走ったから、くまちゃん、たおれてるかも」

わたしは思わず笑った。

ひかりをチャイルドシートから降ろすと、待ちきれない様子で足踏みしている。

わたしは自転車のカゴから——もなみさんの誕生日プレゼントが入った——ショルダーバッグを取り出し肩にかけた。買い物袋を片手に提げ、空いた方の手をひかりに差し出した。国宝級の茶碗でも持つようなひかりは、訝しげにわたしを仰ぎ見る。

「お店の人が袋に入れてくれたでしょ？　ぶら下げても、くまちゃんは倒れないから大丈夫」

真偽のほどを確かめるように、ひかりは抱えた箱を見つめた。

「大丈夫」

もう一度繰り返す。すると、ひかりはしぶしぶといった様子で左手に箱の入った袋を提げ、右手でわたしの手を握った。

「よし、行こう」

わたしたちは歩き出す。俯き加減だったひかりが数歩進んだところでぱっと顔を上げた。

数日前に降った雨が、敷地の窪みに水たまりを作っていた。ひかりの横顔は、いたずらを画策するそれそのものだった。

「飛ぼうか」

「え？」

答えを待たず、わたしは言った。

「飛ぼう！」

握った手を強く引くと同時に飛び上がった。瞬間、身体がすべての負荷から解放され完全に自由になる。

わたしたちは飛んだ。身体は宙を目指し、解き放たれた精神は光の粒となって空に吸い込まれていく。その素晴らしい瞬間は、世間の煩わしさも、周囲の批判もなにもかも払拭《ふっしょく》された清廉な時間だった。

水たまりを飛び越した時、逆らえない重力が身体を包み込む。と同時に精神のかけらたちがわたしを目指し落ちてくる。

落ちていく。どんどん落ちて、そして。

「ママ！」

ひかりは「そういえば壊れ物を持っていたんだ」と思い出した、でも笑いたいのを堪《こら》えている——さらに怒っているように見せようともしている——顔でわたしを見た。

「楽しかったね」

わたしが言うと、ひかりはもういいやというように笑い出した。今度はわたしたちの笑い声が空に昇って行く。

手のひらから伝わるやわらかな温度はひかりの命の温もりだ。わたしの存在理由。わたしのすべて。

胸が締め付けられるほど愛おしい。ひかりがいなければ知り得なかった感情。

――声が聴こえる？　わたしたちは笑っているよ。

ひかりの父親へ届くように祈りながら、わたしは笑う。そういえば、わたしが聴いた彼の最後の声も笑い声だった――。

「ママ、早くー」

ひかりは、じれったそうにわたしの手を引く。

「はいはい」

「はい、は一回でしょ」

大人びた口調が可笑しいやら可愛いやら。

「ひかりも、来年はもう一年生のおねえさんね」

ひかりがぴたりと足を止めた。不思議そうな顔だ。

「どうしてみんなわたしのことおねえさん、ていうの？　わたしに妹か弟ができるの？」突飛な質問に面食らっているわたしをよそに、「わたしは妹がいいな」などと言っている。

「あのね、ひかり――」

「そうだ！　くまちゃん！　くまちゃん見てあげなくっちゃ。ママ、カギ。カギちょうだい」

ひかりは小さな手のひらを上に向けて「カギ、カギ」と催促する。わたしは肩にかけていたバッグに手を入れる。

内側のポケットに目的の物はあったが、指先に触れた感触で忘れていたものに気付く。

「先に行ってて。自転車に鍵かけるの忘れた」

ひかりはあきれた表情でわたしを見上げ、

「ほらね。おっちょこちょいはママでしょ」

と言って身を翻した。駆け足で外階段へ向かう。

「そんなに走ったら、くまちゃん倒れちゃうよ」

ひかりは顔だけこちらに向けると、

「わたしが持ってればだいじょうぶ！」

と、根拠のない自信を見せ階段を上がり始めた。笑いながら、わたしは階段に背を向けた。

一週間ほど前から、家の鍵を開けるのはひかりの役目になっていた。

お菓子のおまけのキーホルダーにひかりが自分の名前を書き、家の鍵を付けたのがきっかけだった。ひかりの好きな絵本に出て来るネコのキーホルダーだ。あの絵本を何度読んだことか。ネコの名前はなんていったっけ。

外階段を振り仰ぐと、二階の踊り場を移動するひかりの姿。

「気を付けてね！」

ひかりは声の発信源をさがすように首を巡らし、わたしを見つけると、

「だいじょうぶ！」

と笑った。階段を上がる姿が建物の陰になって見えなくなる。わたしは自転車へ向かう。視界の隅でなにかがキラキラと輝く。飛び越えた水たまりの水面だろう。

ひかりも、一人で鍵を開けられるようになったんだ――年少の頃は小さすぎて、鍵穴に鍵を挿し込むこともできなかったのに。背も、ぐんと伸びたんだなあ。階段の踊り場から顔を出せるくらい。今はすっかりおねえさんになって。おねえさんといえば、『わたしに妹か弟ができるの？』とは――子どもの発想は面白い。

思い出し笑いをしながら、手の中の鍵に目を落とした。今度は自転車の鍵もかけたがるかも――。

――ママ。

囁《ささや》くような声。

「え？」

完全に振り返る前に、どすんという音。

振り仰いだ先にひかりの姿はない。

「ひかり？」

さっきまで輝いて見えた団地が突然色を失くす。

「ひかり」

団地前の敷地に——なにか——なにか。

倒れているのは——『くまちゃん、たおれてるかも』——くまのケーキじゃない。

倒れているのは——。

「ひかり?」

いつの間に下りてきたの? さっき見た時は二階の踊り場に。

「ひかり」

どうしてひかりが倒れているの?

「ひかり」

倒れて——?

スーパーの袋が腕から抜け落ちる。

足を踏み出す。感覚がない。

「ひかり」

地面が、まるで底なし沼みたいだ。足が。

「ひかり!」

なに——。

「ひかり!!」

なにが起こったの。

なぜ、ひかりが。

なぜ。

第三章

1

医師がなにか話している。手術の説明だ。よくわからない。頭がついていかない。いくつかの書類にサインをするが、名前も震えている。

わたしは医師にすがり、ひかりを助けてくださいと懇願する。看護師が来て、待合室へ案内してくれる。彼女はわたしを座らせ、手を取り、励ましの言葉をくれる。言葉と一緒に彼女がくれたのは家の鍵だ。「娘さんが握っていました」ひかりが好きな絵本のネコのキーホルダー。

キーホルダーを見つめる。

こんなものを付けたから。

粉々になってしまえばいい。握った拳を振りかぶる。

これのせいでひかりは——。

——違う。

こわばった手を開く。ネコは、おどけた顔をしてわたしを見ている。

——手を離したのはわたしだ。目を離したのもわたしだ。

『そうでしょ、ひかりちゃんのママ。ひかりちゃんがおっこちたのはママのせい』手の中のネコは、いつの間にか数を増やし、大声で叫ぶ。『ママのせい。ママのせい。ぜんぶぜーんぶママのせい』耳元で、頭の中で、その声はいつしかひかりの声となって反響する。

『ママのせい』

あの時わたしが自転車の鍵をかけ忘れていなければ。後悔の念は爆発的に増殖し、一瞬で身体中に蔓延《まんえん》する。

震える手のひらで目元を強く押さえた。

暗闇でも見える。

コンクリートによじ登るひかりの姿。小さな手で必死にしがみついている。上半身が柵を越える。そうまでしてひかりが見ようとしているのは——。

二階の踊り場で、声をかけたわたしをさがすように首を巡らせたひかり。嬉しそうに笑っていたひかり。もう一つ上の階でも、同じことをした。でも、高くなればなるほど、ひかりの身長ではわたしのいる場所が見えなかった。それで、身を乗り出した。

「ママ」——確かに聴いた。ひかりの声だ。囁くような——。あれは、落下する直前に発した声だったのだろうか。それとも——。

耐え切れず、わたしは勢いよく立ち上がった。椅子が迷惑そうに音を立てる。視界がぼやけている。ふらふらと、部屋の隅に備え付けられているシンクへ近づく。

シンクの縁に摑まった途端、わたしは嘔吐した。

ひかりが転落したのはわたしの責任だ。わたしが手を離したから。目を離したから。でも、もっと根源的な理由は、わたしを見つけようとしてひかりが身を乗り出したことだ。

込み上げる吐き気を抑えきれず、何度も嘔吐する。吐くものがなくなり、そのうち胃液ばかりが吐き出される。シンクを摑んでいなければ身体を支えていられない。

いつか三田さんに言われた。

——母親失格だよ。

その通りだ。子どもを守るのが親の役目なのに。

神様が罰を下したのだろうか。それなら直接わたしを罰すればいい。なんの罪もないひかりが、こんなに苦しい想いをしなければならない理由はなにもない。

——母親失格。

——ママ。

ママ。

ひかり——ひかり。

術後一日経ってもひかりは目覚めなかった。

頭を打ったことによる影響かもしれない、と医師は言った。

看護師が来て、一度家へ帰るよう説得された。ひかりの元を離れたくないとわたしは言ったが、入院と付き添いに必要な物を取りに行くよう指示された。

ひかりはただ眠っているだけのように見えた。目覚めた時わたしがいなかったらさぞ心細いだろうと、鍵を外したキーホルダーを枕元に置いた。短時間で戻るつもりだった。戻れるはずだった。それなのに——。

2

ここへ連れて来られて、どれくらい経つのだろう。

時間の流れがこの部屋だけ止まってしまったかのように感じる。

ひかりはどうしているだろう。目を覚ました時わたしがそばにいなかったら、どれほど心細いか。一刻も早くここから出て、ひかりの元へ戻らなければ。

「だれか――」

目覚めた時より、声が出せるようになっている。縛られた腕を持ち上げ、両手を花のように広げる。首を触ると痛みがあった。

病院から戻ったわたしは、団地前で立ち尽くしていた。日は落ちて、すでに辺りは暗くなっていたが、各階に取り付けられた灯りで団地はしっかりと見えた。

三階の踊り場を見上げた時、その高さにめまいがした。あんなに高いところからひかりは――。ふらつく身体を支えようとすると足元の砂がじゃりじゃりと音を立てた。

「誰か」が近づいて来た時、おそらく砂が鳴ったはずだ。でも、気付かなかった。

ひかりはどれほど怖かっただろう。どんなに痛かっただろう。わたしのせいで――。

突如なにかが首に巻き付いた。ものすごい力で首を絞められる。首に回されているのは腕だ。咄嗟に手をやるが、硬い筋肉は益々強固に首に巻き付く。

声ともつかぬ音が咽頭から漏れる。気道は完全に塞がれ、目玉は飛び出し頭は倍に膨らんだように感じた。

殺される！

誰!?

回された腕に必死で爪を立てるが、なんの効果もない。

助けて！

必死に抵抗しようとするが、なす術もない。

さらに強く首を絞め上げられ、身体が浮く。手足をバタつかせたが、わたしの足先は宙を掻《か》いただけだった。

そして――。
目覚めた時、ここにいた。

二度目――体感では一時間ほど前――から男は姿をみせない。

拘束を解くのは諦めた。

足裏と尻を動かし、わたしは部屋を移動した。万が一にもここから脱出する手段や武器になるようなものはないかと思ったからだ。部屋の広さは十五畳ほどだろうか。

なにしろこの体勢だ。それに加えて、一度に数センチしか進めないとなると、実際の広さの倍に感じてもおかしくない。

息を切らし、壁に沿って進む。裸電球の灯りは届かなくても、目が慣れ、近くまで来たおかげで部屋の隅が見えるようになった。といっても、新しい発見はなにもなかった。真っ黒なビニールが床と壁一面に張られている。男が座っていた椅子が一脚。それ以外はなにも見当たらなかった。

わたしはなにを期待していたのだろう？　まさか、ダイニングテーブルに食事が用意されているとでも？——探索は失敗に終わった。なに一つ成果を上げられず、空腹と、猛烈な喉の渇きに拍車をかけただけだった。

ため息とともに天井を仰ぐ。ああ、天井だけは別だ。黒のビニールではなく木目が露《あら》わになっていて、太い梁《はり》が部屋の中央を横断している。

壁に寄りかかると、わたしは目を閉じた。

——あんな男は知らない。見たこともない。でも——。

わたしは記憶の海に飛び込んだ。わずかでも繋がりがあるのかもしれない。覚えていないだけで、なにか接点があったのだろう。そうでなければ説明がつかない。スーパーの客？　出入りの業者？　もっと前？　前の職場の関係者？　北陸に住んでいた時？　学生の頃の知り合い？　もっと昔？

思い出せない。わからない。あんな男は知らない！

呻きが漏れる。

諦めるな、考えろ、考え続けろ――。糸口はそこしかないのだから。

なんの理由もなく、面識もない人間を苦しめるはずはない。それとも通り魔的なものなのだろうか？　いや、あの男はわたしの名前を知っていた。わたしがターゲットなのは疑いようがない。

なぜ？

こんなことをされる理由が思い当たらない。

聖人のように生きてきたとは言えない。汚点一つない人生だったとも思わない。嘘を吐くこともあったし、自分では善良であろうと生きてきたつもりだが、知らないうちに誰かを傷つけたこともあっただろう。でも、ここまでされる「なにか」をした覚えなどない。

あの男は、わたしを犯すつもりも、故意に傷つけるつもりもないように思える。そうするつもりなら、とうにしているはずだ。

ほどけかけた包帯。拘束を解こうとしてバンドが皮膚に喰いこんだ時、あの男は傷の手当てをした。わたしを痛めつけるのが目的ならあのまま放っておいただろう。

では――わたしを殺すことが目的なのか――？

『理由も希望もない。それでも生きていかなくちゃならない苦しみがどんなものか、想像もできないだろうね』

『これからわかるから』

男はそう言った。あの言葉は、わたしを生かす——どんな状態かは別にして——ことを示唆していたのでは？　そうだ、あれは——。

必死に注意を逸らし続けた身体の一部が抗議の声を上げる。あの男と目が合った時、わたしは恐怖で身体が弛緩するのを感じた。それは膀胱も例外ではなく、もう少しでビニールの上に水たまりを作るところだった。あれからずっと我慢しているが、もう限界だ。

差し迫った問題を解決するためにも、わたしは扉へ向かう。取っ手を握ってみるが、もちろん開くはずもない。わたしは両手を組み合わせ扉を叩いた。ごおん、ごおんと鈍い音がする。腕を下ろし扉に耳を押し当てるが、なにも聞こえない。もう一度、同じことを繰り返す。なにも聞こえない。

扉を叩く動作が、振動が、下腹部に伝わって耐えがたい尿意が襲ってくる。

わたしはもう一度扉を叩いた。

男がやって来る気配はない。

扉の前でわたしは身体を丸めた。あの男の目的もわからない。わたしを殺すつもりでいるのなら、わたしが放尿しようが脱糞しようが問題ではないだろう。まさか、そんな姿が見たい変態なのか？

扉の向こうで物音がしたような気がする。男がこちらに向かっているのだろうか。全身の毛が逆立つ。

扉を叩いたのはわたしなのに、それは間違いだったと猛烈な後悔が襲う。

男と目が合った時の恐怖がよみがえる。

一瞬でも殺すのが目的ではないと、なぜ思ったのだろう。正体もわからない男に捕らえられているのにどうして楽観的に考えられたのか。首を絞められた時死んでいてもおかしくなかったのに。

それに、顔。あの男は顔を隠していない。

つまり、生かしてここを出すつもりはないということではないだろうか。

わたしは自分で自分の死期を早めたのかもしれない。

扉の間近にいたわたしは、差し込む光に目が眩んだ。思わず両手を上げ、光を遮《さえぎ》る。

扉が閉まる音。

薄目を開けると、辺りは再び暗闇に包まれていた。そして、答えが目の前にあったことに気付く。部屋一面にビニールが張られているのは、つまりそういうことなのだ。いつでもどこでもすればいい。獣のように。

「必要なのはこれかな？」

頭上で響く男の声におそるおそる顔を上げる。男が手にしているのは四角い段ボール箱だ。

「それともこれ？」

反対の手で掲げているのはペットボトルの水。

「どっちも必要だろうね。置いていくよ」

男は持っていたものを足元に置いた。身を翻そうとしていた男がつと動きを止めた。

「ああ、そうだ」

男がこちらに顔を向ける。わたしは恐ろしさにたじろぐ。その顔からは、なんの感情も読み取れない。

「ひかりちゃんは――」

無表情でいようと努めたが、到底無理だった。男の口から娘の名が漏れた時、わたしの中でなにかがはじけた。

「――娘を知っているの？」

こんな簡単なことに気付かないなんて。

男はわたしの名前を知っていた。それは、わたしを知っている証拠だ。ひかりのことも知っていて当然なのに。

「娘は無事なの？　ひかりは……ひかりは──」

「成美さんとひかりちゃんのことなら大抵は知ってるよ。だけど、知らないことの方がきっと多い」

男は身を屈め、わたしに顔を近づけた。内緒話をする時のように。

「だから教えてよ」

──ねえ、成美さん。そう言って、男は微笑んだ。

そうして上体を起こし、ついでのように言った。

「ひかりちゃんはまだ目を覚ましてないよ」

「──なぜ知っているの？　ひかりに会ったの？」

男は答えない。

恐怖は遥《はる》かかなたに消え去った。突如噴き出してきた感情が渦を巻く。

「ひかりになにかするつもり？　ひかりに手を出したら──」

「出したら？　どうする？　今心配すべきなのは自分のことだと思うけど」

男は段ボール箱を一瞥《いちべつ》した。

「用を足したら、袋の口はきっちり縛って。凝固剤は入っているけど完全じゃない。臭いで嫌な思いをするのは成美さんだから」

「なにが目的なの？　なにがしたいの!?」

男の表情は変わらない。

「ひかりなの？　ひかりが目的で――」

「ひかりちゃんをひどい目に遭わせたのは俺じゃない」

男がわたしの目を覗き込む。

「成美さんでしょ」

心臓を撃ち抜かれるようだった。

今の状況も立場も忘れ、わたしは男の言葉に――それが真実だからこそ――打ちのめされた。

男はズボンの後ろポケットからペンチを取り出し、わたしの拘束を解いた。

「大人しくしていてね。じゃないと、また縛らなくちゃいけなくなる」

男が出ていく。

ひかりを守りたかった。遠くにいようが囚われていようが。

わたしの命に代えても。

ひかりを傷つけた張本人はわたしなのに。

二度、食事が運ばれてきた。わたしは手をつけなかった。

「抵抗のつもり？」

男がわたしのそばに片膝をつく。

わたしは抱えた膝の上に顔を突っ伏した。男がため息を吐く。

「こんなことしても、なんにもならないのに」

止まっていた時計の針が進み、じりじりと時の経過を感じる。ひかりに会えないこ

とへの焦燥感なのか、喉の渇きのせいなのかわからない。わかるのは、わたしには喉

の渇きを感じる資格すらないということだ。

「ひかりちゃんのことがあってから、ずっと食べてないんじゃないの？」

「——て」

「え？　なに？」

わたしは顔を上げ、言った。

「ひかりに会わせて」

男は表情を崩さない。わたしたちは睨みあった。

唐突に男が笑いだす。

「それってつまり、ここから出すってことだよね？　俺がそれを許すと思う？」

男は、くつくつと笑い続ける。わたしは男の膝にすがった。

「お願い。ひかりに会わせて」

口角が下がり、瞬時に男の瞳が冷える。構わずわたしは繰り返す。

「ひかりに会わせて」

男は、膝に置かれた手を勢いよく払った。

「お願い、ひかりに――」

「うるさい!!」

勢いよく立ち上がると、男は燃える瞳をわたしに向けた。瞬時に燃え上がった怒りの炎は、男の瞳だけではなく全身を包んでいた。

「自分のしたことを棚に上げてなにを言っているんだ？　なにかを頼める立場じゃないことくらい理解していると思ったのに」

さっと身を屈めると、男は紙皿を拾い上げた。

「断食でもなんでも好きにすればいい」

「待って！　待って！」

男は足を止めない。

「ひかりは無事なの？　目は覚ましたの？」

男の背中になおも問いかける。

「お願い、教えて！　ひかりは目覚めたの？　せめてそれだけでも教えて！」

たっぷりと間を置いて、男は振り向いた。

凍えるほど冷たい目をしていた。

「そんなに知りたいのなら教えてもいい」

知らず知らずのうちにわたしは男ににじり寄っていた。

男の手から白い塊が飛んだ。わたしのすぐ近くでそれは落下し、その衝撃で四方に散らばる。

「それを食べたらね」

そう言い残して男は部屋を後にした。

目の前に打ち捨てられた米の塊を見つめる。迷いはなかった。

わたしは家畜のようにそれを貪り、呑み込んだ。

3

男は、初めにわたしが目を覚ました時よりずっと近い距離で椅子に座り、わたしを見下ろしている。いつもの白いワイシャツ、ベージュのチノパン姿で。

「それってつまり、ひかりちゃんのパパは、娘のことを知らないまま天に召された——ってこと?」

頷いた拍子に奥歯ががちんと鳴った。

ひかりのことを知りたければわたしの話をすること——それが、男の出した追加条件だった。

男が投げ捨てていった米は、一粒残らず全て口へ入れた。

腕に力が入らないせいで、ペットボトルの水を口に含むまでには時間がかかった。それが済むと、男の置いて行った段ボール箱——箱型の簡易トイレで、中にはご丁寧にトイレットペーパーが一つ入っていた——を部屋の隅まで運び、用を足した。みじめさと悔しさで涙が滲んだ。こんな状況にもかかわらず羞恥心が残っていたことが驚きだった。

男が戻って来たのはだいぶ経ってからだった。

「彼は天涯孤独だった。それで、成美さんはたった一人でひかりちゃんを育てることを選んだ——。ふうん。ドラマみたいな話だね。そんなこと、実際にあるんだ。あのさ、素朴な疑問なんだけど」

男が身を乗り出す。

「どうして産んだの？」

話を始める前に男は念を押して言った。嘘はつかず記憶のすべてを語るようにと。

嘘をつく必要があるとは思わなかった。それに、嘘が通用する相手ではないことも、その目を見ればわかった。恐怖はもう感じていなかった。身体の奥深くで燻る怒りが、じわじわと恐怖心を凌駕していた。

膝の上で肘をついた男は、

「違う選択もできたはずだ。そうだろ？」

と言って、組み合わせた指の上に顎を乗せた。

「一人で生きていく方が楽だとは思わなかった？　養う口ができたら、それだけ大変なのに」

ああ、このひとは。

「――あなた、子どもがいないのね」

答えを聞くまでもなかった。

「だからそんなこと言えるんだわ」

「子ども――」

男は組んでいた両手に額を押しあてた。そして呻きのような声を発すると、やおら顔を起こした。

「子どもを持つなんて、考えただけで怖いよ」

男の仄暗い目がぎらりと光った。

上体を起こし、脚を組んだ男は背もたれにゆったりと身体をあずけた。ひじ掛けに

袖口をしっかり留めた腕を置くと、

「大人の選択一つ、見せるもの一つでどんな人間になるか決まる。それが子どもだ。これは俺の持論なんだけどね、成美さん。人間には、哀しいかな生まれつき更生不能な異常者もいる」

「生まれながらの悪人なんて存在しないわ」

おや、というように男がこちらを見る。

「俺が言っているのは生まれつきの異常者だよ、成美さん。確かに生まれながらの悪人はいない。

我が子を犯罪者にしようと思って育てる親はいない。それでも犯罪に手を染める人間になってしまうのは、陳腐な言い回しだけど愛情が不足していたとか、劣悪な環境で育ったとか、心の歪《ひず》みが起因しているのだろうね。

ただ、異常者は別だ。彼らは違う。どんなに素晴らしい環境で愛情豊かに育てられても更生不能なんだ。なぜなら、彼らには人が共存していく上で必要不可欠な感情が、生まれながらに欠落しているから。それは、良心とか公徳心とか、同情心、善意と呼ばれる感情だ。

割合をピラミッドで表すと、彼らはその頂点にいる。人口で見たらごくごくわずかだ。でも確実に存在する」

「あなたはどっち？　生まれながらの異常者？」

一拍の間をおいて男が破顔した。高らかな笑い声が暗い部屋に響く。男の激昂に身構えていたわたしはまじまじとその顔を見つめた。

「次に位置するのは、感情は存在するが、理解できない人々だ」

わたしの質問を一笑に付し、男は続ける。

「頭と心が別物だからなのか、頭の構造に問題があるからなのかはわからない。ただ単に、著しく想像力が乏しいだけとも言える。もしくは究極の自己中か。彼らについては、親や環境がどの程度影響するのかわからない。言ってきかせてわかるものだとも思えないけど、努力は無駄ではないと思いたい。しかし、そういった親が産み育てた子どもたちは、やはり高確率で同じ傾向の子どもになるのだろうけど。

でもさ、成美さん。大多数の子どもは純真な目と心を持って生まれてくる。そこに映すもの、感じさせるもの、与えるもので彼らの人間性や生き方が決まる。鍵を握っているのは間違いなく両親だ。

親の一存で、場合によっては何気なく選んだ道やものごとによって人の一生が決まる――。そんな責任を俺は持てない。

たとえ自分が死んでも、自分の血と肉を分けた、思想を受け継いだかもしれない子孫が存在し続ける。これ以上不安なことはないよ。だから俺は子どもを持たない」

だいたいさ——。言いながら、男は好奇心に満ちた目をわたしに向けた。

「負の連鎖が続く。そうは考えなかった？」

負の連鎖——？

「成美さんは、裕福とはいえない家庭環境で育った。そうだろ？」

どうやって調べたのか、男はわたしの生い立ちや現在の環境について熟知していた。男が知らないのはひかりの父親のこと、あとは事実に伴うわたしの感情だけだ。

「頼れる者もいない世界で独り子どもを産み育てる。一見美談にも思えるその行為で、産まれる子どもを不幸にするとは思わなかった？　事実、今も決して豊かな暮らしをしているとはいえない。むしろ、成美さんの幼少期より苦しい生活をひかりちゃんに強いてる」

「——独りじゃない」

わたしはつぶやいた。

「ひかりが産まれて、わたしは独りじゃなくなった。頼れる人がいないのは事実だけど、独りで生きてきたわけじゃない。それに」

わたしは真っすぐに男を見つめた。

「わたしたちは不幸じゃない」

男はわたしの視線を受け止めているが、わたしを見てはいない。

「幸、不幸を目には見えない愛情とやらで量《はか》るならね。でもそれって、成美さんの気持ちだよね？　実際のところ、ひかりちゃんはどう思っているのか知りたいね」

「なにが言いたいの？　ひかりは不幸だと言いたいの？」

男は肩をすくめた。

「さあね。ただ、ひかりちゃんの本心が知りたいと思っただけ。できるなら、それを知った時成美さんがどう思うかも。後悔しない自信がある？　だから産んだの？」

この男には、なにを言っても堂々巡りだ。

「あなたの知りたいことは話したわ。だから教えて。ひかりは無事なの？」

男はやれやれといった様子でわたしを流し見た。

「三階から落ちて入院していることが無事といえるならね」

わたしは唇を噛んだ。言葉の応酬をしている場合じゃないのに。

「ひかりはまだ目覚めていないの？」

男が頷く。

「どうしてあなたがそれを知っているの？　そもそも、ひかりが転落したことをどうやって知ったの？」

「子どもの転落事故だよ？　ニュースで何度も流れたよ。それに、容体について知る方法はいくらでもある。病院関係者を買収して聞き出すとか。あとは——」

たっぷりと間を置いて、男は言った。

「親族だと言って近づくとか」

一瞬、男の言うことが理解できなかった。——理解したくないと、無意識に思ったのかもしれない。

「なにを——なにを言っているの」

ニヤリと男は笑った。

わたしは指先に震えを感じていた。

「知る手段はいくらでもあって、俺にはいろいろとできることが、あ、あ、あるってこと」

喉元が絞まるような感覚に囚われる。

「警察が」

咄嗟に口をついて出た言葉だった。

男が「続きをどうぞ」と言わんばかりの顔つきでわたしを見つめている。

「警察が調べているはずよ」

男はなんともわざとらしく、感心したような表情を広げた。

「たしかに」

でも——そう言って首を傾げる。

「捜査の対象は誰だろうね」

対象？

「――病院が、勝手にひかりに会わせるはずがないわ」

大袈裟に考え込むようなポーズをとった男は、

「かもね」

と言って笑った。

指先の震えは焔《ほむら》となって全身を駆け抜ける。

「ひかりになにかしたら」

男はからかうような表情を浮かべている。まるで先を促すように。

「ただじゃおかない」

「だから、その話ならさっきもしたよね。自分の心配をすべきだって。今の成美さんに一体なにができる？　ここに居てできることがなにかある？　俺にすがって泣くこと？　神に祈ること？」

傾げた顔を真っすぐにすると、男は言った。

「大人しくしていること。俺の質問に答えること。たったこれだけ。そうすれば、ひかりちゃんの容体を教える。そんなに難しいことじゃない」

「だから、なんのために」

「なんのため？　それには答えられないって、最初に言ったと思うけど」

「わたしとひかりを引き離すことが目的？　その間にひかりになにを――」

「引き離される原因を作ったのは成美さんだよね？　俺がひかりちゃんを突き落としたわけじゃない。俺の言うことをきいていれば二人とも問題ない。わかった？」

「じゃあどうして――」

「なに？」

「どうしてわたしに目隠ししないの？　なぜ、あなたは顔を隠さないの？」

男は目を丸くした。

「そうする必要がないから」

わたしは続く言葉が出なかった。

「さあ、おしゃべりはお終い。悪いけど、今度は口も塞ぐよ」

椅子から立ち上がった男は再びわたしを拘束すると、テープで口を塞いだ。

今のわたしにできること。

――俺にすがって泣くこと？

違う。あの男にすがっているんじゃない。ひかりが無事だという言葉にすがっているのだ。

――そうする必要がないから。

顔を隠す必要がない。男は断言した。

知りたい話を聞き出したら、わたしを殺すつもりなのだ。

ここで目覚めた時は恐怖に打ち震えていたが、今は怖くない。男の思うようにさせてたまるか。必ずここから脱出し、ひかりの元へ行くのだ。

今のわたしにできること。

考えるのだ。囚われた理由ではなく、ここから出る方法を。時機を待つ。

好機は訪れる。必ず好機は訪れると信じる。

身体の自由を奪われ部屋の隅に転がされたわたしは、じっと闇に目を凝らした。

4

「成美さんは、職場でも大変な思いをしたんだね」

男とのおしゃべりはこれで三度目だった。二度の食事、告解。そしてまた食事が二度、告解。その時拘束は解かれるが、終わると男は、必ずわたしを拘束してから部屋を出る。

一日に二度食事が運ばれてくるのだとしたら、わたしがここへ連れて来られて最低三日が経過しているということになる。その間に、一度男の用意した服に着替えさせられ、毛布が二枚与えられた。

これまでに語ったことは、ひかりの父親との出会いから別れまで。わたしの生い立ち(なぜかこれについて男はかなりのことを知っていた)。今日は、職場の話。代わりにわたしが得たのは、ひかりは相変わらず目を覚まさない――という情報だけだった。

「でもそれって、妬みだけなのかな。そこまでするのって、自分になにか思い当たる節があるからじゃないかな。例えば旦那さんが浮気してるとか、自分が婚外子だとか。そうじゃなければ、未婚ていう理由だけで『不妊治療したのか』なんて聞かないよね、普通」

渡辺さんの話を聞いた男はそう言った。彼女に疑念を抱かせるだけの要因は老けたわたしを見ればわかるはずだ。

「そんな発想出てこないよ。ああ、もしかして――その人の母親が不妊治療をしていたのかも。未婚で、不倫相手との子どもを」

「ずいぶん穿《うが》ったものの見方をするのね」

「世の中の大半が善であると信じるほど若くはないし、実にさまざまな事象を目にしてきたからね。昔は俺もピュアな心を持っていたんだけど」

「ピュア? 女を拉致監禁するようなあなたが?」

心外そうに顔をしかめた後、男は笑った。

「もちろん」

「あなたの説が正しければ、あなたの両親は子どもの育て方を間違えたってことになるわね」

男の表情が固まる。

これまで男は、わたしの話を聞く間かすかに微笑んでいた。それが心からの微笑みかどうかは別にして、口角は上がっていた。

生まれながらの異常者か——と訊ねた時、男は愉快気に笑った。

それが、今。男は凍った微笑みに殺気を宿していた。

男の知りたい話がなくなった時、わたしの命が消える——そう思っていた。しかし、もしかしたら男は今、予定を切り上げて計画を遂行する気かもしれない。

男の目がわたしを捉える。首筋にナイフを押しあてられたように動けなくなる。

「俺の両親は、育て方を間違えたんじゃない。見せるものを間違えたんだ」

男の視線が外れ、わたしは心底ほっとした。

「成美さんの両親はどうだった？　正しく育て、間違ったものは見せなかった？」

記憶を辿るまでもない。わたしは経験から得たことを語った。

「自分が親になってみてわかることがたくさんあったわ。子育てに正解はないし、親も人間だから時には間違うこともある。両親は彼らなりの精一杯でわたしを育てたんだろうって」

「子どもを捨てて男にはしるような母親が？　妻に逃げられ、友人に借金を押し付けられるようなお人よしの父親が？」

男は、わたしの母が蒸発したことも、父が多額の負債を抱えていたことも知っていた。

「母がわたしを捨てたのは、彼女がずっと女だったから」

男の顔に書かれていた。「言っていることがわからない」と。

「女は二種類いるの。母親になれる女と、子どもを産んでも母親になれない女と。母は後者だった」

まだわからない、という顔の男は、

「美魔女とか、美と若さを追求するような女のこと？」

的外れな質問をしてきた。

「そういうんじゃない。外見は関係ない。ここここが」

わたしはまず頭を、その後胸を指した。

「灰になるまで女なの」

理解するのを諦めたのか、男は肩をすくめた。

「それに父は――。父なりの精一杯でわたしを育ててくれた。信じていた人間に裏切られても、恨んだり憎んだりしなかった。そうさせた自分を責めるような人だった。それは優しさじゃなく、ただの弱さだけど、でもそれが父だった」

真っすぐに男を見つめる。

「あなたは？　あなたの両親はどんな人だった？」

男は、ひかり以外のことを訊かれて驚いたのか眉を吊り上げた。

「女を監禁するのが正しいことだと教えられた？」

怒りのスイッチが男の両親にあることはわかった。それを押し続けたら男はどんな風に変化するだろうか。

「子どもを人質にとって話させることが？」

「やめろ」

「わたしのなにが知りたいの？　女を捕らえて、泣き叫ぶ姿が見たいの？」

「やめろ」

「なにを見たら満足するの？　わたしを殺すこと？　どんな人となりか知る必要がある？　すべてを知ったと満足した上で殺すのが目的なの？」

「うるさい」

「まさか――わたしの前にもいた？　これが初めてじゃないの？」

「やめろ!!」

激昂した男がわたしの胸倉を掴む。怯《ひる》まず、男を睨み返す。

「わたしを解放して。ひかりに会わせて」

男は黙っている。

「まだ間に合うわ。今なら戻れる」

ギラギラとした目で、男は、

「戻れる？」

嘲笑した。

「笑わせるな。一体、いつに戻してくれるんだ？」

乱暴に手を離すと、

「もういい」

そう言って背を向け、男は出て行った。ガチャンと施錠の音が響く。

わたしは両手を見下ろした。

拘束は解かれたままだ。

今しかない。

何度も繰り返しイメージした。大丈夫だ、大丈夫。きっと上手くいく。

ここへ連れて来られた時より体力は回復している。

男の座る椅子は木製だ。かなり大きいが、持ち上げることは可能だった。これは確認済みだ。

脱出後は——ここがどんなに人里離れた場所だとしても、歩き続ければ誰かに会えるだろう。

脱出し、ひかりに会いに行く。絶対に、ここから出てやる。

極力音が漏れないよう、椅子に毛布を巻き付ける。その上から右手でひじ掛けの部分を摑み、左手を座面の下に差し入れた。目測で距離をとる。勢いをつけて振りかぶった椅子を、思い切り壁に投げつけた。予想していた程派手な音はしなかった。椅子が壁のすぐ近くに転がる。間を置かず、同じことを繰り返す。椅子はなかなか壊れない。一撃でどうにかなるとは思っていなかったが、こんなに頑丈だとは思いもしなかった。

額に浮かんでいた汗が、こめかみを伝って流れ落ちる。

今度は背もたれ部分を両手で摑み、何度も壁に叩きつける。くぐもった音。衝撃でじんじんと手が痺れ、振動が足先まで伝わってくる。

息が切れ、汗が目に入る。毛布がずり落ちる。かまわず繰り返す。

男が来る前に終わらせなければ。チャンスはこの一度だけだ。

わたしは椅子を抱え、扉に走り出す。足元に落ちた毛布に足を取られ転びそうになる。毛布を蹴り飛ばし、扉を目指す。

――お願い、壊れて！

振りかぶった椅子を扉にぶつけると、鐘を撞《つ》いたような音が響く。拳で叩いた音ですら男に届いた。この音は驚きとともに男に伝わるだろう。

手をかけた時、脚の部分のぐらつきに気付いた。もう少し！

もう一度扉にぶつけると、わたしは椅子に飛びついた。さっきより大きくぐらついている脚の部分を摑み、がくがくと揺する。扉の向こうで音が。

床に寝かせた椅子の脚を足裏で固定し、ぐらつく脚を両手で摑む。躍起になって揺する。音が近づく。思わず扉を見やる。まだ開く気配はない。脚を固定している釘が外れそうだ。早く！　早く！

鍵穴に鍵が挿し込まれる音。摑んでいた脚の抵抗がふいになくなる。

鍵が回る。――来る。

椅子の脚だった木片を背中に回し、トレーナーの首元から突っ込んだ。そして再び椅子を振りかぶった。

扉が開いた一拍後、わたしは男めがけて椅子を振り下ろした。椅子の脚が男の肩を強打した。男の呻き声は勝利の予感をもたらした。それは甘美な高揚感に満ちていた。だが、決して油断したわけではないその一瞬が、男に形勢逆転のチャンスを与えた。わたしは再び椅子を振り下ろしたが、男はしっかりと椅子の脚を掴み、恐ろしい形相でわたしを睨みつけた。

怯むな！

今や滝のように流れる汗が、顎や首元を濡らす。

男は、じりじりとわたしに近づいてくる。

ひかりが待っているんだ、怯むな！

どんなに自分を叱咤しても、身体が勝手に後退る。

とうとう壁に追い詰められた。男の後方から光が照らしていて表情は見えない。男にも、わたしの姿ははっきりとは見えないだろう。男が距離を詰める。腕を伸ばしたのかもしれない。

今だ！

わたしは背中に隠していた木片を素早く抜き出すと、躊躇《ためら》うことなく振り切った。

男の視線がゆっくりとわき腹に移る。その間にもう一度、木片を振るうか突き出すかしていれば、男に深手を負わすことができたかもしれない。しかし動かせるのは目だけで、それも自分の意思というより恐怖によって動かされている状態だった。硬直した腕は一ミリも動かすことができない。

身体が冷たくなるのを感じた。直後、全身が総毛立つ。しかしそれらを感じたのは瞬《まばた》きする間、殴られた顔の痛みが他の感覚を麻痺させてしまうまでのことだった。

拳が飛んでくるのを予見できず、殴られた時わたしは目を開けたままだった。左目から男の姿が消えた――視界が塞がったのだと気付くまでには時間がかかった。

弾き飛ばされた身体は宙を浮き、わたしはどうっと倒れ込んだ。その拍子に木片が手から離れる。身体を丸めるでも頭を守るでもなく、わたしが一番にとった行動は顔を触る――触る顔があれば――ことだった。

顔半分が無くなった。抉り取られた。それは実際に手のひらで顔に触れるまで呪詛《じゅそ》のように頭の中で繰り返されていた。

ある。無くなってはいない。でも目も鼻も頬も唇も、燃えるように熱い。どこか切れたか潰れたか、手のひらに生温かい血の感触。執拗《しつよう》に顔のありかを確かめるわたしは、男の「次の」攻撃への身構えがゼロだった。

右目が、サッカーボールを蹴るようにぐいと足を後ろに反らせる男の姿を捉えた。反対の足の指はしっかりと床のビニールを掴んでいる。わたしに降りかかる悲劇を除けば、それはそれは滑らかで力強い、完璧なフォームだった。

男の右足がわたしのみぞおちを蹴り上げた。身体がくの字に折れ曲がり、呼吸が止まる。内臓が腹の中で暴れ出す。必死で息をしようともがくと、なにかが口から漏れ出た。内臓かと思ったそれは、消化途中の米だった。強烈なさしこみと共に呼吸が再開する。安堵する間もなく、再び男の右足が飛んでくる。今度もガラ空きのみぞおちを蹴り上げられ、数センチ浮き上がる間にわたしは嘔吐していた。痛みのせいで意思とは関係なく涙が溢れ出す。男の足に汚れ一つ付いていないのが滲む視界でもわかった。せめて嘔吐物で汚せたら。湯気の上がるご馳走を、男の足に吐きかけてやれたら。

男が右足を後ろへ反らす。今度は、男のつま先が喰い込む前にしっかりとみぞおちを両腕でガードした。ダメージは半減したものの、盾に使った両腕はとても無事とはいえそうになかった。

ガードはそのままに、次の攻撃のタイミングを見計ろうと男に視線を向ける。男は、手に提げていた壊れかけの椅子を両手で掴むところだった。

男の手の甲に血管が浮き出す。

――あれが直撃したら。

男が椅子を振りかぶる。

――あれが頭に直撃したら。

わたしは咄嗟に頭をかばった。

……が、その時はいつまで経っても訪れない。なにも起きない。

様子を探るために腕を下げようとした瞬間、これはワナだ、わたしが頭のガードを下げた途端に攻撃するつもりなのだと思い至る。

がっちりと頭を守り直す。

なにも起きない。

頭を守った体勢のまま首を捩らせると、腕の隙間から男が見えた。男は振り上げていた椅子をいつの間にか下ろしていた。右手で椅子を提げ、空いた左手でわき腹を押さえている。しばらく経って手を離した時、押さえていた部分が赤く染まっているのに気付いた。真っ白なワイシャツを鮮やかな朱《あか》に染めたのは——。

ハッとして床に視線を走らせた。

男に傷を負わせた木片はわたしから一メートルほど離れたところにあった。男は呆然と立ち尽くしている。わたしは腕を下げると、少しでも木片に近づこうとした。途端に内臓がヒステリックな抗議の悲鳴を上げる。苦悶《くもん》の呻きは、男の注意をわたしに向けさせた。

防御の姿勢をとるわたしを男は呪わしそうに見下ろした。しばらくそうしていたが、男は急に背を向けた。その背中がわずかに丸まっている。男はのろのろと扉に向かう。

横向きだった身体をうつぶせにする。それだけの動作で臓器がでんぐり返るようだった。充分吐き出したと判断したのか、胃は跳ね躍るだけで満足している。四つん這いになろうと両手足に力を込める。男の蹴りを受け止めた腕を床についた時、肘から指先にかけてびりびりした痛みが走った。思わず声が漏れる。男が足を止めた。

男は肩越しに振り返ったが、すぐにまた扉の方に向き直った。

凄まじい痛みを伴って、内臓たちはジャンプし続けている。声を漏らさないよう、細心の注意を払って進む。三度も蹴られていなければ簡単に手に取れたであろう木片までまったく距離が縮まらない。地平線の向こうに沈む夕日を追いかけているような気分になる。

男が扉を開けた時が本当に最後のチャンスだ。手当てを済ませ傷の快復を待って(あるいは傷の快復を待たず)男は戻って来るだろう。わたしを殺すために。

急げ。内臓が飛び出そうとも、腕がもげようとも、今しかない。今、なんとかしなければ二度とひかりには会えない。

――ひかり！

その想いは推進力となり、わたしは沈みかけた太陽にようやく追いついた。

研ぎ澄まされた精神が肉体の痛みを超越し、身体の中で嵐が生まれた。

わたしは駆け出した。ひかりの元へ。日常の中へ。

握りしめた唯一の武器を振りかぶった時、思いがけず差し込んできた一条の光が瞬間的に――致命的瞬間に――わたしの目を射た。

木片を振り下ろすのと、気配に気付いた男が振り返るのは同時だった。男のワイシャツがはためき、バッと音を立てる。木片が空を切る。力を込め過ぎたせいで身体が半回転してしまう。わたしはうなり声を上げながら男に飛びかかった。足が床を蹴った時、左腕に男の振り下ろした椅子が直撃し、身体が薙《な》ぎ払われる。およそ自分のものとは思えないガマガエルのような声が絞り出され、気付くとわたしは床に転がっていた。回復した右の視界で見たのは、しっかりと椅子を持ったまま肩で息をする男だった。

絶望している暇はない。わたしは再び立ち上がる。男の顔に驚愕が走る。

今や身体の一部となった木片は、だらりとした腕からしっかりと脚に沿っている。死んでも離すまい。脱出するためにはこれが必要なのだ。

わたしは跳躍した。目を剝いた男が、振り下ろされる木片から身を守るために椅子を掲げる。ガッと音がして、壊れた椅子と木片が交差する。刹那、わたしたちは睨み合った。

男が力ずくでわたしを押し返す。今頼りになるのは脚だけなのに、その脚もぶるぶると震え、堪えが利かない。椅子で思い切り殴られた左腕も限界を超えていた。もう何度目になるのか、わたしは床に倒れ込んだ。

真上で裸電球が右左に揺れている。男はどこだ。どこにいる。

闇から影が躍り出た。わたしは木片を握ったままの右手をさっと払った。影を纏っていた男がのけ反る。立て続けに木片を振るうが手首を摑まれてしまう。揺れる灯りの下で男の顔に陰影が浮き出る。頰にさっと線が走り、赤いTの字が描かれたと思うと細い糸のような鮮血がいくつもの筋になって流れた。

木片の奪い合いは、男の拳が再びわたしの顔を抉り取ったことで勝敗が決した。それでもわたしが手を離さないとわかると、男はわたしの手首を踏みつけた。それからゆらりと立ち上がり、全体重を手首にかけた。

悲鳴が迸る。——実際にはうがいのような音が口の中の血液と共に飛び出しただけだったが。

見えない手にこじ開けられるように、木片から指が離れていく。いやだ、だめだ、やめて、お願い——。

ついにすべての指が離れた。

男は身を屈めると、わたしの手から希望を奪った。男の足が外れる前から、わたしの身体は怒りで震えていた。

男がわたしに馬乗りになる。口を開きかけた男の顔に、わたしは思い切り唾を吐きかけた。驚いた男は顔を背けたが、次にこちらを向いた時、水玉模様の血の飛沫が男の顔を彩っていた。表情一つ変えず、男は木片を持った方の腕でそれを拭った。木片の先が目の前に迫った時、鈍い色をした釘が飛び出しているのに気付く。あれが、男のわき腹と頰に傷をつけてくれたのか――。

なにか言いたいことがあったのだろうに男は口をつぐんだままだ。わたしは男の言葉を聞くつもりも、待つつもりもない。武器になるものはなにもない。両腕は使い物にならない。それでも闘うしかない。

男が立ち上がった。わたしを見下ろしている。諦めたような顔で。

男が一歩後退した。間髪を容れず、その膝目がけて右足を突き出した。直撃はしなかったものの男は不意を突かれ体勢を崩した。溺れるように両手をばたつかせている。その手にはまだ木片が握られている。跳ね起きたわたしは、男にタックルを決めるつもりだった。しかし男の胴回りにしがみつく力は残されておらず、結果的に肩で男を押しやっただけだった。

肩に手が置かれる。引きはがそうとするその腕にわたしは嚙みついた。男が悲鳴を上げる。最大限の力を顎に込めようとさらに歯を喰い込ませたその時、背中に車でも落ちてきたような衝撃を受ける。勝手に顎が開き、呼気が漏れ出る。二度同じ衝撃を受け、肺の機能が停止したように感じた。息を吸うことも、吐き出すこともできない。

男がわたしの肩を乱暴に押す。腰を折り曲げた体勢で固まったまま、わたしはひっくり返った。

床に背中を強打した時、スイッチを押されたように肺が活動を再開する。隙間風のような、か細い音が喉から上がる。

息をしようと努めるが、なかなか思うようにいかない。頭がぼうっとしてくる。半分だけの視界もぼんやりと――。

と、暗闇で白いキャンバスに描かれた朱色の鳥が飛翔した。美しかった。最期に目にするのがひかりではないのが悔やまれるけれど。それでもあんなに綺麗なものが見られるなんて――。

おぼろげな視界の中で、鳥が姿を変える。

男が、振り上げていたものを下ろしたせいだ。ああ、もう鳥には見えない。綺麗だったのに。

足元を揺すられている感覚がするが、もう、体中が痛んでいて感覚なんてあてにならない。肺から上ってくる音は死の呪文のようだ。

鳥は。鳥はどこに行ったのかしら。

ぬっと現れ、わたしの視界を塞いだのは――。

「二度とするな」

その人はそう言った。

氷のような目で。

熾火《おきび》のような目で。

——あなたはだあれ……?

その人は去っていく。闇に向かって、闇にのまれて。そんな方へ行ったら危ないよ。戻っておいで。

ほら、ひかり。

どこか遠くから短いメロディーが聴こえる。音楽と呼ぶには短い、どこかで聞いたことのあるような音。間を置いてもう一度。

ひかり、ひかり——。

闇は完璧にわたしを包囲していた。以前にもこんなことがあったような。

闇はあたたかいのだと。どうしてそんな風に思ったのかしら。

闇は限りなく冷たいのに。

ここはこんなに寒いのに。

「——ヒ——」

覚醒した時、耐えがたい痛みが背中を駆け上がった。無意識に身体を捩ったわたしを、次は両腕が痛い痛いと責め立てる。頭は無事だろうか。中身ではなく頭の形が変わってしまったような感じがする。顔面は殴られたように痛み……そうだ、実際にわたしは殴られたのだった。やはり頭の中身もおかしくなっているのかもしれない。あれだけ殴られたり蹴られたりしたのだ。死ななかったのが不思議なくらいだ。

——死ななかったのはいいことなのだろうか。

ひかりにも会えず、ただ死を待つだけの箱の中で息をしているのが？　もう、ここから出る手立てもないというのに。

絶望的な想いで目を閉じようとした時——。

なにかが——違う。

わたしは床に転がったまま首を動かそうとした。激痛が走り、反射的に目を閉じる。痛みに身体が順応した頃、わたしはもう一度（今度はおそろしくゆっくりと）首を回した。

いつもと違う理由が視界の先にあった。

いつかわたしの目を射た光が、今度は希望の灯となって瞬《またた》いていた。

扉に辿り着くまでに、千年もかかったように感じた。

果てしなく遠い。身体中に針山があって、動くたびにそれが刺さる——。そんな感覚。唯一無事な足を使えれば百年くらいで着いたかもしれないが、あいにく足首も膝もしっかりと拘束されていた。意識が朦朧《もうろう》として、足元が揺すられていると感じた時に男に拘束されたらしい。いつものように全身を拘束しなかったのは、そうする必要もないほど上半身がぼろぼろだったからだろう。口元になにもされていないのは、声が出せないとわかっていたか、鼻が潰《つぶ》れた今、口を塞いだら確実に死ぬと思ったからか。

鳥が飛翔した時——。あの時椅子を振り下ろしていればわたしを殺せただろうに。馬乗りになった時、木片か素手で殴っていれば。首を絞めていれば。

男はなぜわたしを殺さない？　殴ったのも椅子で殴りつけたのも、わ、わたしが、そ、そ、い、い、させたからだ。

それともやはり、自分の手当てを済ませてから殺すつもりなのか。

いずれにせよ男が戻って来るまでに——鍵の閉め忘れに気付く前に——ここから出なければ。

時間が経ち過ぎただろうか。男はすっかり手当てを終え、いつ戻ってきてもおかしくないのではないだろうか。

わたしはもたれた扉に耳をあてた。ぜいぜいと鳴る呼吸音が邪魔をする。それでもなにか聞こえないかと耳を澄ます。

扉の向こうは闇と同じくらいの沈黙が落ちている。でも。

扉を開けた物音で男が気付いてしまうのでは？　それ以前に、男はすぐそばに待機しているのでは？

ここまで来て考えても仕方がない。やってみるだけだ。

痛めつけられた両腕はこれ以上男に逆らう気はないらしく、だらりと下がったままぴくりとも動かない。

ちょうどいい位置までなんとか移動すると、わたしは扉の方を向いたまま横になった。下敷きにされた左腕が悲鳴を上げる。我慢だ、我慢するしかない、替えの腕はないんだから――。突如、猛烈に笑いたいという衝動が込み上げる。しかし、極限状態のわたしは気付く。

笑うという行為には膨大なエネルギーが必要なのだと。今のわたしにそのエネルギーを捻出する余裕はない。なにしろこれから岩ほどにも感じる扉を開かねばならないという大仕事が控えているのだから。健康な状態だったら腹が捩れるほど笑っただろうが、今はごろごろと喉を鳴らすだけに留める。ようやく左腕も悲鳴を上げるのを止めたが、大いに不平不満はあるようで、ぐずぐず文句を言っている。だが、今それに耳を傾けている暇はない。

さあ、ここからだ。

拘束された両脚が持ち上がるかどうか。膝を腹の方へ引き寄せるのをなんとか成功させ、持ち上げようとしたものの、肋骨にヒビでも入ったのか負荷に耐えられず脚がどさりと落ちる。もう一度、もう一度——。

扉に左足の側面がつく。その場所に出っ張りはない。取っ手はどこに……。足を動かそうとするが、思うように動かせない。焦りとイライラで爆発しそうだ。もっと上？ 足裏が扉をよじ登る。すると指先が隆起を捉えた。まだ上か。曲芸師のような恰好でさらに上を目指す。足裏から伝わる感触は間違いなく扉の取っ手だ。やった！ 一気呵成《いっきかせい》に押し開こうと足裏に力を入れた時、左腕がけたたましく叫び出す。力を入れた際、左腕に全体重がかかったためだ。慌てたわたしは脚が落ちないようさらに力を込めた。すると今度はふくらはぎが攣り、結局そのまま落下した。

曲芸師のようなわたしを、この扉は通すつもりはないらしい。なす術もなく、ふくらはぎの痛みが治まるのを待つ。

この痛みが治まっても他の痛みは治まらないけれど。心の中で毒づきながら、ただただ耐える。痛みが引き、わたしは再び扉に向かった。急がなければならないのに。こんなことで時間を食っている場合じゃないのに。

焦りは足を引っ張るだけで、なんの手助けにもならない。足は引っ張っているのではなく攣っていて、助けになる手はない、と言うのがより正確だけれど。

再び込み上げる笑いの発作をすんでのところで呑み込むと、巨大な怪物に挑み始める。

取っ手の位置は把握したので、今度は無駄な労力を消費せず取っ手まで辿り着けた。失敗を繰り返さないよう、徐々に力を加える。びくともしなかった扉が、力を加えるとともに開き出す。幻のようなかそけき光が、今や見間違えようもない明るさで力強く一本の道を創り出している。それは驚くほどの希望をわたしの胸に注ぎ込んだ。

さらに力を入れる。左腕が泣き叫ぶのは織り込み済みだったので、その悶絶する悲鳴には息を止めることで対処する。するとヒビの入った肋骨が――ヒビでなければ折れているはずだ――突然わめきだす。予想もしなかった痛みに足が痙攣《けいれん》したようにぴんと張る。その勢いで取っ手が押される。伸び切った脚が扉から離れ、床に不時着する。その衝撃は凄《すさ》まじく、わたしの意識を断ち切った。

暗闇。

声が聴こえる。焦った――パニックに近い――ひび割れた声は叫んでいる。

猶予《ゆうよ》はない！　逃げて！　辺りが徐々に明るくなり、声が近づいてくる。

さあ、早く！　声の主はわたしを見下ろしている。ぼやけた輪郭でも、それが誰かはわかる。鏡を見ているようなものだから。ただし、鏡の中のわたしは殴られていない。

わたしはわたしにがなり立てる。

あ、あの男がこないうちに！

ぶるりと身体が震える。

覚醒したわたしの脳裏に、灯りが無くなっているのではないか、もしくは灯りだと思っていたものも、殴られた頭が作り出した妄想なのではないかという確信にも似た想いが閃く。その時ばかりは痛みも忘れ無我夢中で頭を起こした。

足元を照らしているのは、間違いなくひかりへの道だった。涙が溢れ出す。

囚われていた檻《おり》を一瞥することなく、わたしは死の箱を後にした。

はじめは目が慣れていないせいだと思った。次に思ったのはとうとう両目が見えなくなったのだと。

どちらでもないと気付いたのは、銀色の延べ棒を見つけた時だ。それは、眩《まばゆ》いばかりの白の世界にぽつんと浮いていた。

仰向けになり、足裏と尻を使って移動するのが一番ダメージの少ない体勢だと身体が判断していた。その体勢で闇の部屋を出ると、壁も床も天井までもが同じ白で、境目もわからない世界。その先に銀色の延べ棒が――。近づいていくと、それがドアの取っ手だと気付く。通過してきた白の世界は、渡り廊下だったようだ。

次に続くのは何色の世界か。そもそも現実の世界に通じているのだろうか……。

ここに辿り着くまでに、三度脚が攣っていた。さらなる痛みに脚も腕も耐えられるかどうか。歯を食いしばり足を上げようとした時、膝がドアに触れる。――と、なんの抵抗もなくドアが押し開かれた。

5

信じられない気持ちでそれに魅入っていたわたしは、男の存在をすっかり忘れていた。「白の世界」が無人だったことが、わたしを油断させた。

気をつけなければ！　あの男が待ち構えているかもしれない！

音もなくドアは開く。三十センチほど広がり、そこで止まった。開いたドアの方へ頭の位置を変え、無理やり身体を半回転させる。

ここは一体――。

まったく馴染みのない場所。わたしの知らない世界。

狭い視野と鈍った嗅覚でも即断できるほど、その部屋は知らないものとにおいで満たされていた。

な――に――？

部屋から得られる情報を求め、右目がせわしなく動く。

知らない。

知らない、知らない。わからない、なぜ――。

「――せんか」

ぎくりとして身体の動きが――眼球の動きすら――止まる。声は、遠くから聞こえた。その声は、あの男の声ではなかった。

誰!?

扉を閉めなければ見つかってしまう、見つかったら――。必死で腕を伸ばそうとするが、今度も抵抗力を失くした腕は、わたしに味方する気はないらしい。それでも――それでも閉めなければ――。男に踏みつけられた右手が反応し始める。頭の上まで伸びた手がドアの縁を掴もうとした時――。

脱出する前に聴いた短いメロディーが響く。ぎくりとして動きが止まる。これは――これは、インターフォン？

しばらくして、

「──しますよ」

夢かと思う。その声。その、独特な声。

「失礼しますよ。声はかけたからね」

独り言をつぶやくような調子。まさに、彼女は独り言を言っているんだろう。だっ、て彼女があの男と話すはずがないんだから――。

「――――」

声を出そうと体中のエネルギーを喉に集約するが、ぜいぜいと喉が鳴るばかりで一向に声にならない。

「――――」

なにか方法は――。頭を上げ、見開いた目で部屋を探る。すると誰かの――彼女の足音。こちらに近づいてくる。わたしは必死でドアの縁を摑もうと手を伸ばす。

気配が近い。今だ、今なら――。指がドアの縁にかかる。わたしは死に物狂いでそれを摑んだ。指先の感覚はほとんどない。引くんじゃない、押すんだ、指先で――。

指先が縁を弾く。

彼女に向かってドアが開き始める。視界が広がり、そして。

彼女の横顔。痩せた身体。

三田さん!!

「――!!」

わたしの声にならない叫びは届かない。三田さんは棚のものを見ていたらしく、眇めていた目をわたしとは反対側に逸らした。細かいウェーブのかかった髪が揺れ、わたしは完全に視界から外れる。

助けて。

魂の叫びは声の振動にも似て空気を震わし、微弱な電波となって彼女の元へ。その一瞬は、そう信じるに値するなにかが起こった。

三田さんは「ここ」にすっかり興味を失くしていたはずだ。馴染みのない場所。知らない世界。ただ、それだけのところ。見るべきものは見た。眇めた目がそれを物語っていた。それにも拘わらず、彼女は振り返った。わたしの叫びが届いたかのように、彼女は振り返った!

なにも起こらなかった。

三田さんの表情が変化――激変――したのは、彼女の視線がドアの中央から床に移り、さらにそこにあるものが「もの」ではなく「人」であると認知した時だった。

「あッ――」

目を剝いた三田さんが小さく声を上げた。数秒、彼女は棒立ちになった。動けないようだった。

「ああ――」

膝からくずおれ、両手がわななく口元へ運ばれる。

「――あッ！」

激しい動揺が驚愕に変わる。「誰か」が「わたし」であると理解したからだ。

「ご、ごごご――ごとうさ――」

声などというまどろこしい方法ではなく、テレパシーのようなものがあれば。

三田さんがわたしの身体に視線を走らせる。唇の向こうでカチカチと歯が鳴る。

「なな、なんで……なにが」

「――ッ」

「なんでこんなひどい目に――」

三田さんは、弾かれたように顔を後ろにめぐらせた。背後を確かめるように。

再びわたしに顔を向けた時、彼女の眉間には深い皺が刻まれていた。

「あいつがやったのかい。あの男が」

わたしはなんとか頷こうとした。それが伝わったらしく、三田さんの表情はさらに険しさを増した。

「なんてこと――なんてことだい」

三田さんの手がわたしの顔へ、次に脚の拘束バンドにかけられる。

「なんでこんなことに！　ああ――ひどい」

三田さんは素手で拘束バンドを外そうとしているようだ。

「みんなあんたを捜してる。病院や――そう、病院であの男を見かけたんだ、それでここへ来た。もしかしたらなにか知っているんじゃないかと思って。まさかこんなことになっているなんて――。ああそれから、木村っていう人なんか何度もあたしのところへ来た。その人の知り合いだっていう刑事も――」

膝に感じていた温もりが消える。

「そうだ、警察、警察に」

三田さんは肩にかけていたバッグに手をかけた。チャックを抓《つま》もうとするが、手が震えているせいで上手くいかない。もどかしそうにバッグを床に置くと、力任せにチャックをひいた。乱暴に開けたせいで、中から飴の小袋が転がり出る。バッグに手を突っ込むと、三田さんは携帯電話を取り出した。操作しようとする手が、指が、ひどく震えている。

「ああ、もう！」

混乱した様子の三田さんに、わたしはあらん限りの力を振り絞り言った。

「――かりは――」

「え!?」

三田さんは、今にも息を引き取る者の声を聴くように耳を寄せた。

「ひかりは——」

わたしに振り向けた三田さんの顔が純粋な驚きに染まっていた。

「あんた——」

三田さんの喉元が大きく上下し、ごくりという音が聞こえた。

「あんた、知らなかったのかい。知らずに——」

三田さんの顔が今にも泣き出しそうに崩れた。

知らなかった？　なにを——なにを。

影を認める間はあった。

影が差したと思う間はあった。

三田さんの泣き出しそうな顔が「ギャ」という声と共にひしゃげる。

わたしの脳は、自分の目がなにを映しているのか理解できなかった。眼前にいた三田さんが、突如顔を変え、うめき、血を噴き上げて——。

「ぐっ——」

血が——あんなにたくさん血が出たら。

男は三田さんの背後から白い塊を振り下ろした。その瞬間、男の眼がぐるりと回転する。

――非情なことをする人間を、間近で見たことないだろう？　あいつらが本性を現すのは一瞬だ。

――それが現れるのは一ヵ所だけ。

やめてやめてやめろやめろやめろ!!　喉が張り裂けるほど叫んでいるのに！　わたしはぼろきれのような身体を横たえ、ただ見ていることしかできない。目の前で起きていることなのに！

白い塊が三田さんの頭頂にめり込み鈍い音を立てる。

やめろやめろたすけてやめて彼女をたすけて。

死に物狂いで差し出した手に鮮血が飛ぶ。彼女はわたしを見ていた。流れる真っ赤な血がその目まで染めている。二人とも泣いていた。彼女は血の涙を流し、わたしはわたしのすべてで泣いていた。

彼女がわたしの方へ手を伸ばす。わたしも手を伸ばす。そうすれば――手をつなぐことさえできれば、お互いにお互いを助けられるとでもいうように。

わたしたちの指先が触れそうになったその時、これまで以上の一撃が――最後の一撃が――彼女を襲った。

床に伏した彼女は、閉じかけた目でなにかを見ていた。

痙攣する唇が形を作る。

――呼んでいる。

伸ばした手は、確かに届いたはずだ。

わたしにはわかる。子どものままの娘を、彼女はとうとうその胸に抱いたのだ。

唇が優しい弧を描き、三田さんは動かなくなった。


どうして。

どうして？　どうして!?

手を伸ばし、わたしは三田さんの手に触れた。今にも握り返すのではないかと思う。

ガチャガチャという音に顔を上げると、男は三田さんのバッグの中身を空けていた。中に入っていたのは鈴の付いた財布、鍵、ポケットティッシュ、ビスケット。

「――――」やめて。わたしはそう言った。これ以上、彼女に、彼女のものに触らないで。

未だに声は出ない。

男がちらりとわたしを見る。その目も顔も、冷静そうには見えない。人、を、殺、し、慣、れ、て、い、る、ようには見えない。青白い顔で、大量の汗をかいている。

違うかもしれない。わたしが負わせた傷のせいで汗をかいているのかも。顔が白いのもそのせいで――。

涙が止まらない。男のことなどどうでもいい、三田さんが、三田さんが――。

男が三田さんの手に触れる。

やめて!!

男が三田さんの手の中の携帯電話に手を伸ばす。待ち受け画面が見える。三田さんとひかりが笑っている。二人とも、ほんとうに嬉しそうに笑っている。涙で二人の顔が滲む。いやだ、もっと見てたい、もっと――。

男が携帯を奪う。画面を一瞥した男の動きが止まる。刹那、その目に感情が溢れる。

それがなんなのか、わたしにはわからない。

男がふいに立ち上がる。ふらふらと向かう先は――。

玄関だ。鍵をかけに行ったんだ。

男がいなくなり、わたしと三田さんは二人きりになった。

どれだけ強く彼女の手を握っても反応はない。こんなにも温かいのに。さっきまで話していたのに。わたしを解放しようと、手を貸してくれたのに。こんなにも――こんなにも彼女の手は温かいのに！

男が戻る。赤く染まったワイシャツ姿で、男は紙のように白い顔でわたしを見下ろした。

男はかすれ声で言った。

「成美さんの――せいだ」

男がわたしの足を摑む。わたしの顔を抉った時ほどの力はないが、檻に引きずっていくには困らない程度の力で。

頭が床にぶつかり、視界が変わる。ドアを潜る直前、切り取られた窓の景色が目に飛び込んでくる。そこにあるものを見ても、驚きはなかった。

薄闇に包まれた千曲川団地は、まるで能面のような顔をしてわたしを見下ろしていた。

なにもかも、自業自得だというように。

6

痛みは休みなくわたしを責め立て、一瞬の安らぎも与えてはくれなかった。息を吸うだけで胸も背中も痛んだ。三田さんは殺されたのに、それでも生きているわたしへの罰のような気もした。

男は姿を見せなくなった。ここを脱しようとした罰なのか、それとも想定外のことに手間取っているのか。

そう、男にとって三田さんの訪問は想定外だったはずだ。

男は自分の傷の手当てで手一杯だったのだろう。そこへ三田さんはやって来た。

――みんなあんたを捜してる。

わたしの行方を訊ねるために。

――病院であの男を見かけたんだ。

――俺にはいろいろとできることがあるってこと。

男は、本当にひかりのいる病院へ行っていた。三田さんは病院のどこで男を見たのだろう？　入り口？　廊下？　まさか病院が、わたしの承諾もなしに娘に面会させるとは思えない。男が示唆した通り、病院関係者に情報を訊きに行ったのだろう。

何度もインターフォンを鳴らされて男は対応しなかったのだろうか。顔に怪我を負っているし、血の付いたワイシャツ姿で対応したとは思えない。怪我の手当てで手一杯だったはず――。

はたして、男は本当に手当てをしていたのだろうか？

玄関ドアは開いていた。

しつこく鳴るインターフォン。

窓から様子を窺い見る男。視線の先にいるのは、この家を疑惑の目で眺める隣人。病院では訝し気な目を向けてきた隣人。この先の計画を遂行する上で間違いなく障害になるであろう隣人。

玄関ドアは開いていた。

い、い、い、い、い、い。

――ひかりは。

――あんた、知らなかったのかい。知らずに――。

三田さんはなにを言いたかったのだろう。泣き出しそうな顔をしていたのはなぜだろう。

わたしは、なにを知らないのだろう。

導き出された答えは、決してあってはならないことだった。考えるだけでもおぞましい。

わたしのせいで三田さんは命を奪われたのに、わたしは娘の心配をしている。なんて非情な人間だろう。

なんて身勝手で、恩知らずで――。

とめどなく涙が溢れる。

三田さんの笑顔。独特な声。持ち歩いている飴とビスケット。三田さんの──。

差し出された手。その胸に。

ずっとずっと会いたかった明恵ちゃんを胸に抱いて三田さんは逝った。


男が姿を見せたのは、ずっと後だった。

男は胡坐をかき、紙皿に載ったおにぎりと水の入ったペットボトルを床に置いた。

わたしを見下ろすその顔には、およそ表情がなかった。

「痛む？」

抑揚のない声。感情のこもらない目をわたしに向け、

「手当てをしてあげたいけど、骨は専門外だから」

と言った。

「こうなったのは成美さんのせいでもあるわけだし……それに、そう長くは続かないから。もう少しの辛抱だよ」

「──さんは」

男がわたしの方へ身を乗り出す。

「なに？　聞こえないよ」

「三田さんは」

男は片眉を吊り上げ「信じられない」といった顔つきになった。

「こんな状況で死人の心配？　冗談だよね？」

今にも自分が死にそうなのに。男はさらにそう言った。

「だいたい、あの人、誰？　成美さんのお向かいさんてことは知ってる。ひかりちゃんともだいぶ親しくしてたよね」

男が得たい答えは、誰？　ではなく、なに者？　だろうが、男が直感に従って三田さんを排除した今、それを知る必要があるとは思えない。

「伯母さんとか？　成美さんに親戚なんていないと思ってたけど――」

しばらく考えるような間を置いて、

「なんにせよ――こうなった以上、急がないと」

男がわたしを見据える。わたしの考えを読み解こうとするように。

「あの人にも家族や知り合いがいるだろう？　騒ぎ出すのは時間の問題だ」

男は三田さんの携帯をチェックしなかったのだろうか。そうする間もなく処分してしまったのだろうか。もしも確認したのなら、男はその中に彼女の孤独を見たはずだ。急ぐ必要はまったくないと確信しただろうに。

「さあ起きて」

言った後、男はわたしの拘束を解いた。

「飲んで、食べて、出しておいて。しばらくどれもできなくなるから。ああ、そうだ」

男は胸ポケットから小さな錠剤を取り出すと、わたしの口に押し込もうとした。わたしが舌を使って吐き出そうとすると、イライラしたように、

「痛み止めだよ」

と言い、乱暴にわたしの頭を起こしペットボトルの水で苦い錠剤を流し込んだ。

「成美さんが感じてる痛みが和らぐかどうかは疑問だけど」

男が言っているのは肉体的な痛みなのか、それとも胸の痛みか。

「どんなに痛くても全部済ませておいて。成美さんの下の世話をするなんてごめんだから」

「ひかり——ひかりは」

男は呆れ顔で、

「教えてあげるよ。次の準備が終わったらね」

7

男の言う「次の準備」なるものを見た時、胃が捩れるような感じがした。男が置いて行ったものにはなにも口をつけなかったが、それでも吐き気をもよおした。手付かずのおにぎりを一瞥すると、男は、

「しばらく食べられないって言ったのに」

とため息まじりに言った。

男が「準備」してきたものを床に置く。小振りな銀色のトレーの上で、ペンチのようなものがカチャカチャと音を立てる。大量のガーゼの隣には医療用のゴム手袋。

「鉗子《かんし》は手に入れられるけど、麻酔はね……その両手じゃ抵抗しようがないだろうけど、念のために縛るよ」

男は手際よくわたしの手足を拘束していく。

「――に――なにするの」

男は答えない。

「痛むと思うけど、我慢してもらうしかない」

男が手袋に手を滑り込ませる。

ペンチを持った男の手がわたしの顔にぐんぐん近づく。男が、左手の人差し指でわたしの上唇を押さえる。

まさか。

わたしは頭《かぶり》を振る。そうしていれば、位置が定まらないから。口の中に、ペンチを入れられずに済むから。

男の指が唇から離れた——と思うと、男は素早くわたしの頭上に移動し、太腿でわたしの頭を挟んだ。しっかりと固定された頭は動かせない。唇を引き結ぶ。開けるものか、開けたら——。

男はわたしの口を無理やりこじ開けガーゼを押し込んだ。口を閉じようとしてもガーゼが邪魔して閉じられない。男はすかさずわたしの下顎を押さえ、それ以上開閉できないようにした。

道具が迫る。せめて目を閉じようと思うが、道具の放つ鈍い光に魅せられ身体が固まる。

「我慢して」

ペンチが、上の前歯を挟む。

やめて。

挟まれた前歯を、男はガクガクと揺する。

やめてやめて、いたいいた——。

男がペンチを捩じる。

「——ッ!!」

喉から苦悶の喘ぎがもれる。鼻に抜けるような強烈な痛みが襲う。

歯肉から溢れ出る血液が喉の奥に流れ込む。吐き出す猶予は与えてもらえない。喉が開き、真っ赤な小川は一気に食道に流れ込む。わたしは咽《む》せたが、その間も男は手を休めない。

ギリギリ——。ゴリゴリ——。

非現実的な音が、耳の奥にまで響く。あまりの痛みに息もつけない。絶対に泣くものかと思っていたのに、次から次へと涙が止まらない。

勢いよくペンチが離れる。ああ、とうとう抜かれたのだ。失くしてしまった。でももう終わり、これで終わり——。

痛みの中、潜り込むようにして見出した安堵が光の速さで去っていく。

薄目から見える光景が信じられなくて、わたしは目を閉じた。幾筋もの涙が伝う。再び目を開けた時、わたしの一部をまだもぎ取ろうと、ペンチはすぐそばに迫っていた。

うそだ、そんな——。

「成美さん。俺、言ったよね？　覚えている過去を正確に、嘘を吐かずに話すようにって」

なに――？　この檻の中で行われた告解のことを言っているのか？　たった今、抜歯に使ったペンチを見せながら？

「まだ話してない過去があるだろう？」

流れ込む血液と込み上げる言葉が喉元でせめぎ合う。男はペンチを構えたまま、わたしの言葉を待っている。

「――な――に――」

唇と頬に血が飛び散る。男が腿の力を緩めたので、わたしは顔を横に向け、口の中のものを吐き出した。

「あるだろう？　語っていない過去が」

「ぜん――ぶ、話し……た」

言い終わると同時に頬に手を置かれ、顔を上向きにさせられる。底光りする目で男は覗き込んでいる。

「覚えている過去を残らず話す約束だ」

こんな状況にも拘わらず、頬が緩む。

約束？　あれが？　ひかりの状況を知りたいと切望するわたしにとって拒否権のな

い交換条件が？

「はな……した、全部」

男の顔にさっと影が差す。

「——なにも訊かずに抜歯したのは痛みを認知してもらうためだよ？　まだ、同じ痛みを味わうつもり？」

わたしは嗤《わら》ったつもりだったが、血で咽せ返っただけだった。

男がペンチを握り直すのを見ても、これから同じ痛みを与えられると認知していても、わたしはまだ嗤おうとしていた。

男が二本目の抜歯にかかった時、それは嗚咽に変わった。

「四十二年もの過去が、たかだか三度の話で終わるはずがないだろう？」

男の話す内容を必死で考えているのは、今与えられている痛みから逃れるためではなく、三度目の痛みを遠ざけるためなのだと気付いた。男は、欲しい答えが得られるまでわたしに痛みを与え続けるだろうという確信がそうさせた。

「あるはずだ、味わった経験だけじゃなく、成美さんが他人に味わわせた苦い過去が」

幾重にも鍵のかかった心の箱を、痛みでこじ開けられると男は本気で信じているのだろうか？　拷問が、虚妄を生み出すことはないと？　そもそも、四十二年の過去をたった三度で話し切った可能性は？

「抜歯は未経験だから、きれいに抜ける保証はないよ。歯冠部で破折したら厄介なことになる」

今のわたしにとって、これ以上厄介なことがあるとは思えない。

男は手を休めない。止める気など毛頭ないのだ。

顔をもぎ取られるような痛み。それは果てしなく続き、永遠に終わらないようにさえ感じる。たすけてたすけてだれか。固く閉じた瞼の裏に、ぼんやりと浮かぶ人影。

こちらに手を伸ばす、その人は。

三田さんは血の涙を流している。差し出した手が決して届くことはないと知っているから。

歯肉から圧迫感が消える。カラン――という乾いた音が、二本目の抜歯の終了を告げる。男が腿の力を緩める。

「さあ、話すんだ」

わたしは何度も何度も何度も、言っている。

「――せん……ふ、はなし――た」

血で咽せ返りながら。

男の手が頬に触れる。

いやだ、もう、いやだ。

こじ開けられる顎。挟まれる前歯。

この痛みの抜け道は。せめて、隠れる場所は。それこそ虚妄でもいい、なんでもいいから——。

捩れる。歯が、歯肉が。メリメリと音を立てながら引き抜かれようとしている。わたしは血の悲鳴を上げ続ける。

痛みは思考力を奪い、理性を剝ぎ取り生にしがみつかせる。

爪の先ほど残っていた冷静な部分が、人は死を意識するほどの痛みを味わうと真実しか語れなくなるのだと悟る。そして、それが男の狙いなのだとも。

「——がッ」

咽せる音に混じった声に反応し、男が力を緩める。

真実しか上らなくなった口からこぼれ出る言葉たち。

「はな、し……た。もう、なにも——ない。せん——ぶ」

わたしは咽せび泣いた。これ以上、わたしになにを求めるの？

男は無言だ。

嗚咽と呼吸を合わせるように自然と瞼が開く。男の表情を見た時、苦痛で張り裂けそうな胸にかすかな驚きが走る。目の前の男のせいで血と涙にまみれているにも拘わらず。

目元に寄せられた皺。苦悶に歪んだ眉。唇は、見えなくなるほど固く引き結ばれている。

男はいたぶるのを楽しんでいるわけではなさそうだ。それどころか、わたしの痛みに共感してしまっているように見える。

卒然と悟る。

男は狂っているのではない。救いを求めているのだ、と。

「しっかり噛んで。血が止まらないから」

朦朧としていた。痛みから逃れられるのなら気を失ってしまいたかったが、都合よく意識の切り替えができるはずもなかった。身に着けている薄いトレーナーの胸元は、ぐっしょりと血で濡れていた。

わたしの口の中に、折り畳んだガーゼを突っ込みながら男が言う。

「噛んで」

仰向けでいるととめどなく血液が喉に流れ込んでくるので、わたしは悲鳴を上げる右腕を下にして横向きになっていた。

「ほら、噛めよ」

男がイライラしたように言う。血が止まらないのはガーゼを嚙まないからじゃない、抜き過ぎたせいだ。だって一度に六本抜いたんだから。

血の水たまりに顔を浸けたわたしは、男を見上げた。男と目が合う。なにに苛立っているのか、男の目には動揺が浮かんでいる。

「ほら！」

目を離さぬまま、わたしは男に言われた通り顎を動かす。今のわたしにできうる限り素早く動かしたつもりだった。残った奥歯がガチッと嚙みあうのを期待していたのに、厚いガーゼに阻《はば》まれる。

男はガーゼを抓んでいた指を引き抜くと、血の付いたゴム手袋を外した。そして、わたしの目の前で指をひらひらと動かしてみせる。

「上の前歯はすっかりなくなったんだよ、成美さん。おかげで俺は指を失くさずに済んだ」

ともすると笑顔に見えなくもない顔で男は言った。

「そんな元気があるなんて意外だな」

男は床に膝をついて片付けを始める。血をたっぷり吸ったガーゼがトレーの上で山を作っている。

わたしは声を出そうと努める。喉からは呼気と共に血が飛び出す。

「——は」

しゃべるのに邪魔で、わたしは口の中のガーゼを舌で押し出した。くぐもった声は自分の声とは思えない。

「なにか言った？」

男がこちらに視線を向ける。

「ひかり——は」

舌先が触れるのは血液とぶよぶよした歯肉だけだ。

「ひ——かりは」

口から血の飛沫を飛ばしながらわたしは繰り返す。しゃべりづらいのは痛みのせいじゃない。上の前歯をすべて抜かれたせいで空気が漏れるからだ。

男はわたしを見つめる。しかし、それはわたしの質問に答えるためではない。

「嚙んでなくちゃだめだって言ったのに」

男はポケットから新しいガーゼを取り出した。男の姿がゆらゆらと揺れて見える。

包みを剝がす音もどこか遠くから聞こえる。

「止血しないと。ほら、嚙んで」

これまで遠くに感じていた男の手が迫る。わたしはできるだけ顔を背けた。男は大きなため息を吐き出した。

「話すよ。約束だからね。でもきっと、聞かない方がよかったって思うはず」

目が、勝手に男の方へ動く。言葉の真意を確かめようとするように。

「成美さんのお向かいさんが言ってたこと……みんなが成美さんを捜してるって話。あれ、本当だよ。それこそみんなが捜してる。なぜだと思う？」

男は、悲しみの中で無理に笑おうとするような顔をしていた。どうしてこの男が悲しそうな顔をするの？

「娘が転落した直後に姿を消した母親。後ろめたいことをしたからに違いない、娘殺しの罪から逃れるために逃亡した——っていうのがみんなの考え」

今の話で響いたのは一ヵ所だけ。

むすめごろしのつみ——？

「成美さん。ひかりちゃんは死んだよ」

なに——。今、何と言ったの？

「ひかりちゃんは死んだんだ、成美さん」

同情を禁じ得ない。そんな口調。

「聞こえてる？」

時が止まり、痛みは消え去り、虚無の世界が目の前に広がる。

鼓動が止まり、肉体と精神は永遠に離れ離れになったかのよう。

「ひかりちゃんは死んだよ」

繰り返し、男は言う。

ひかりがしんだ、ひかりが死んだ——死んだ？　死んだ、死んだ。何度も繰り返し、繰り返し。

休むことなく打ち寄せる波のように、それは膝裏に手をかける。おそろしい真実の海へいざなうために。

「死んだんだ」

穏やかだった波が突如姿を変え、なにもかも呑み込もうと両手を広げる。猛り狂う海は真っ黒で、ザン——ザンと吼える。

「——ぞ——」

張り裂けそうな胸から魂の叫びが。

「う、ぞ——。ちが——。ちがう。うぞ——うぞつき。わたしをくるしめるためにぞんなうぞ——」

男はますます悲しげに眉を寄せた。

「嘘を吐く必要がない。ひかりちゃんが死ぬなんて、俺だって思いもしなかったんだから」

嘘だ嘘だ嘘だ！

信じない。こんな男の話、信じるものか。ひかりは生きている。絶対に、生きている。わたしはここを脱し、ひかりに会いに行くのだ。

「最期に立ち会わせなかったことは悪いと思ってる。けど──」

「うぞだ、うぞ！」

丸めた両手を床に叩きつける。

「うぞ、うぞうぞ！」

肩に手を置かれる感触。払いのけようと肩を揺すると、男はさらに力を込めた。

「成美さんは信じないと思った。でもね、これが現実なんだよ。受け入れるまでには時間がかかるだろうけど」

「ちが──ちがう。ひかりは生きてる」

男は悲しみに寄り添うような同情に満ちた瞳を向ける。

どうしてそんな目で見る？

それは見覚えのある、いやというほど馴染みのある眼差し。父や、ひかりの父親が亡くなった後、周囲がわたしに向けた眼差し。

愛する者の死に直面した者に向けられる眼差し。

ひかり──？　まさか、本当に──。

「まだ〝整える〟仕事が残ってる。止血しないといけないんだ。ほら、噛んで」

男が押し込めたガーゼは、力なく開いた口から転がり出る。
例の眼差しを向けたまま、男は立ち上がった。
「また後で来る」
施錠の音が、すべての繋がりを断ち切るかのように響き渡る。
耳鳴り。ひゅうう、ひゅうう、と止むことなく。
いや、これは降って来る記憶たち。ひかりの誕生、ひかりの成長、平穏な生活――
ひかり、わたしのすべて！
なんとか掬《すく》い取ろうと、震える両手を窪める。
今、わたしの手のひらには凝縮された世界のすべてが。

――あんた、知らなかったのかい。
三田さんが泣きそうな顔をしていた理由。ひかりの死を知らせるものだった――？
――ママ。
わたしのひかり！

漆黒の海に浮かんでいる。この海原を泳ぎ切るのは不可能だ。漂うだけで精一杯。
気を抜くと、闇を纏ったモンスターに搦《から》めとられそうになる。

ひかりの元へ行かなければ。

焦る想いとは裏腹に意識はどんどん遠のき、わたしは黒いうねりに沈んでいった。

8

どれくらい気を失っていたかわからないが、長い間ではなかったようだ。抜かれた歯の穴からの出血は治まりかけていたが、顔に付いた血は乾いていなかった。

身体の痛みはもちろん、頭ごと取り替えたいくらい顔の痛みがひどかった。歯肉の痛みだけでも耐えがたいのに、潰された鼻は存在を主張するかのように猛然と痛んだ。左目の腫れもいよいよ激しくなってきたように感じた。無事に思える右目からは涙が止まらなかった。頭の中にはいつの間にかオーケストラが居座り、大音量で演奏を始めている。

意識を取り戻した直後、わたしは窪めたままだった手のひらをぎゅっと握った。

ひかりは生きている。

男の言うことなど信じない。

三田さんが泣き出しそうな顔でわたしに伝えたかったこと。最悪の結果を伝える前触れとも取れるが、そうとも限らない。ひかりは目覚めた。それも知らずに拘束されているわたしがあまりにも哀れで泣きそうになった。そうに違いない。

必死に、その考えにしがみつく。

一刻も早くここを脱し、ひかりに会いに行く。

身体を起こすにつれ、頭の中のオーケストラが音量を上げる。

もうこの部屋にはなにもない。脱出の可能性をかけた椅子も、その残骸すらも。なにより、身体がいうことをきかない。手足は使いものにならないくらい痛めつけられている上、拘束までされている。でも、まだ腕を前に組まされているのは幸いだ。時に男は両手を後ろに回して拘束することもあった。

──なぜ、拘束の仕方を変えたのだろう?

それまで一度も疑問に思わなかったことが、突然重大なことのように思われた。

両腕を前に組まされるのはどんな時だったか──。

後ろ手に拘束される時は、同時に口も塞がれた。──当たり前だ、前に腕があればいくら口を塞がれていても手が届く。自分でテープを外せるからで──。

口を塞がれる時は短時間のことが多かった。そういう時は、おそらく男が家を留守にするとか、わたしのそばから離れる時だったのだろう。

人里離れた僻地《へきち》、もしくは泣き叫んでも声も届かない地下のような場所だと思い込んでいたこの檻は、なんのことはないわたしの家の目の前だった。声が出る時に叫んでいたら——。

あの男はそれすら見越していたのだ。叫べるほど声が出せた時には、必ず男が間近にいた。

では、少しでも手が使えるような状態で拘束したのはなんのためだろう？

わたしはぎくしゃくと部屋を見回した。隅に置かれた簡易トイレが目に入る。自分で用が足せるように？　違う、そんなことじゃない。きっとなにかあるはずだ、なにか——。

ぐらぐらと世界が揺れた。あっと思った時には血の水たまりに顔を浸していた。

血を流し過ぎたせいだ。

でも——。

漆黒の海に浮かびながら思う。こんなことになっても部屋はきれいなまま。男はこうなることを前提に、部屋にビニールを張ったのだろう。

揺れる世界を見るともなく見ていると、おかしなことに気付く。黒一色の世界になにかがぽつんと漂っている。

あれはなんだろう。

わたしはゆっくりと上体を起こした。まだ世界は揺れていたが、倒れ込むのは避けられた。悲鳴を上げる肉体と折り合いをつけ、足裏と尻を使い、わたしは壁に近づく。それは思った以上に困難だった。

それでも向かい続けたのは、あれはもしかしたら破れたビニールから差し込む月明かりかなにかなのではないかという想いが膨らんだからだ。この部屋にはなにもないと思い込んでいたが、ビニールの向こうには窓が存在するのかもしれない。

しかし、そんな期待も徐々に薄れていった。月明かりにしても光が弱々し過ぎる。あれは光じゃない。落胆はしたが、答えを知りたいという欲求は消えなかった。

間近に来た時、ビニールが破れている理由に思い至る。ここは椅子を壊そうと試みた場所だ。

辿り着けた安堵と疲れから、わたしは壁にもたれた。

しかし、なにか落ち着かない。身体の痛みのせいじゃない、これは——。

視線だ。

男が来たのか？　扉が開く音はしなかった。暗闇の向こうに誰かが佇んでいる気配もない。ならば、この視線は？

もたれていた壁から背中を浮かす。ビニールの向こうを確かめようと覗き込むと——。

向こう側から、小さな目が覗いていた。

「ヒッ」

思わず身体を退《ひ》いたが、そのせいで痺れるような痛みが背中と首を襲う。小さな目は、わたしが痛みに悶える間、瞬きもせずじっとこちらを見ていた。生気を宿しているが生きてはいないその目を、わたしは信じられない気持ちで見つめた。

ビニールを剝がせば部屋はきれいなまま。ビニールを剝がせば――。

わたしは前に組まれた腕を持ち上げ、ビニールに爪を立てた。はじめ、分厚いビニールは破けそうもなかったが、一度爪が喰い込むと、後は力の入らない腕でも剝がすことができた。

ビニールの下から現れたものは――。元々この部屋に飾られていたものは。

わたしは夢中でビニールを剝がした。痛む腕に鞭打ち、可能な限り剝がし続けた。

隙間なく壁を埋めていたのは、おびただしい数の写真だった。

幼い子どもの写真。若い女の写真。その二人が肩を寄せ合い笑っている写真。幼い子どもが泣いている写真。女が子どもを世話する写真。写真、写真、写真。

無数の顔が壁を埋めていた。

驚きに、息をするのも忘れるほどだった。

最初に目が合った人物は若い女性で、写真の中央で永遠の微笑みを浮かべている。

わたしはおそるおそる近づく。

子どもの昼寝姿、散らかし放題の食事風景、誕生日の一コマ。どれもが「日常」か「特別」を切り取った、どの家庭にもあるような写真だ。

幼い子どもを注視すると、着ているものや髪型でそれが男の子だとわかった。見える範囲で一番幼いのは二、三歳くらい。もう少し成長した写真もあった。

女性は男の子の母親であるらしく、男の子の成長と共にわずかながら歳を経た変化が見られた。きれいな人だったが、どこかさみしげな、幸薄そうな雰囲気の女性だった。

わたしはさらにビニールを剝がした。

奇異な写真が何枚かあった。

二人の隣に真っ黒な影。それは、黒いマジックで塗りつぶした跡だった。別の写真では中央部分だけぽっかりと穴があいている。

さらに剝がす。

思わず声が漏れたのは、それまで影か穴だった人物が突然姿を現したからだった。その人物に姿はあるが、顔がなかった。顔のところだけくり抜かれている。背格好から男性のように思われたが、別の写真では目を突かれていた。どれも、この人物に対する憎悪の表れのように思われた。

破いたビニールの縁に手をかけ、剝がす。

写真の中の男の子が成長していた。小学校の入学式だろうか、黒いブレザーに身を包み、校門前に立っている。男の子は一人だ。隣の写真には、同じ場所で男の子と写る高齢女性の姿。あきらかに母親ではない。それ以降の写真では、どれもこれも男の子の表情は暗い。学校行事らしき写真以外は大抵一人で写っていたが、高齢女性と写っている写真も何枚かあった。

わたしはなにかに引き寄せられるかのように一枚の写真に見入った。さきほど見た校門前の写真。見るべきものは男の子でも高齢女性でもない、この場所は――。

悪寒が走る。目は写真に釘付けになったままだ。

校門にはめ込まれたプレートには校名が書かれている。校門なんてどの学校も似たようなものだ、まさかそんな――。顔を近づけ、校名を確認したわたしは息を吞んだ。

わたしが通っていた小学校だ。そうと確信した途端、他の写真に写る景色や建物が、押し寄せる記憶と重なってゆく。それは、山梨で過ごした頃の遠い記憶の中に存在するものばかりだった。学校、遠足先の建物、寺院、町のスーパー。どれも見覚えがあるものばかり。

どうしてこんなものが。

無我夢中でビニールを剝がしていく。目を走らせる。ある一枚が浮き出たように見えた。それはまるで、水墨画の中に朱を落としたような錯覚をわたしに与えた。

ちょうど目の高さに貼られたその写真には子どもが二人写っていた。一人は四、五歳くらいのあの男の子。男の子は笑顔だ。その笑顔はカメラを構えた人物に向けられたものだ。そうとわかるのは、隣の女の子は憮然とした表情を浮かべているからだ。女の子はカメラから視線を逸らすように斜めに立っているので、その子がランドセルを背負っているのがわかる。ランドセルも、肩にかけた図書袋も赤色で、袋には大きなワッペンがつけてある。これは、小学生の頃流行っていたアニメのものだ。一目でそうとわかるのは、そのアニメが好きだったから。そのワッペンは、わたしがねだって買ってもらったものだから。

そこに写っているのはわたしだった。

どうして――。

可能な限りビニールを剝がし探してみるが、わたしが写っているのはその一枚だけだった。他の写真にも目を通すが、建物や風景には見覚えがあるものの、そこに写る人物にはなんの覚えもなかった。男の子も、母親も、祖母らしき女性も、わたしはまったく知らない。

どうしてこの一枚にだけわたしが写っているのだろう。なぜ、わたしが。

幼いわたしに手を伸ばす。憮然とした表情はなにかに怒っているようにも見える。

なにに？　誰に？

写真の隅を抓むと案外すんなりと写真は剝がれた。間近で見ると、それはいよいよ奇妙な感慨をもたらした。そこに写っているのは確かにわたしだが、わたしにはこんな写真を撮った記憶も、この人物たちの記憶もない。

写真を裏返すと、右下にわたしの名前があった。几帳面な字で『後藤成美　十一歳』と書かれている。左下には『基希　五歳』。

基希　五歳――もとき？

わたしは写真を裏返し、笑顔を浮かべる男の子をもう一度見つめた。どんなに過去を探っても呼応する記憶はなかった。

無数の過去を孕《はら》んでいる壁を見渡す。

おそらくこの部屋の壁一面に写真が貼られているのだろう。すべてを剝がせば、ほかにもわたしが写った写真が見つかるだろうか。しかし、なぜ――。

鍵が挿し込まれる音。

ここへ連れてこられて初めて、男の入室を待った。

男は、銀色のトレーを手にこちらへ向かって来る。ビニールを剥がされた壁が目に入っていないはずはないのに、男がそれに触れるそぶりはない。真っすぐにわたしを見つめ、すぐそばに膝をついた。

「圧迫してと言ったのに」

トレー上のガーゼを丸め、わたしの口元へ。

わたしは手にしていた写真を男に見せた。男はゆっくりとそれに目を落とし、軽いため息を吐いた。

「思った以上に時間がかかったけど、やっと見つけたんだね。それで？」

男はじっと答えを待っている。わたしは訳がわからず男を見つめ返した。男の目が、見る間に落胆に染まっていく。

「ああ、そう。覚えていないんだね？」

覚えていない——？　なにを？

男が目を伏せた。

「そうじゃないかとは思っていたんだ。ここへ連れて来られた理由もわからないようだし、俺を見る目が、まったく知らない人間を見るそれだったから」

独り言をつぶやくようだった男の声が攻撃的な声音に変化した。

「でもまさか——」

男がさっと目を上げる。

「自分が殺した人間の顔を見ても思い出せないと？」

男は瞬きもせずわたしを見据えている。その目は紅蓮《ぐれん》の炎のようだったが、炎の下には冷え冷えとした湖が横たわっている。

男はなにを言っているのだろう？　誰が、誰を殺した？　わたしは手にしていた写真を胸元に引き寄せ、目を落とした。

相変わらず幼い頃のわたしは怒ったような顔をしているし、隣の男の子は無警戒な笑みを浮かべている。再び男に視線を戻す。

わたしになんの反応もないのを見て取ると、男はわずかに開いた唇をきつく結んだ。そしておもむろに立ち上がると、壁から一枚の写真を剝がしわたしに突きつけた。

それは、男の子の母親らしき女性の写真だった。ピントのずれたその写真は男の子が撮ったものだろうか。女性の顔は限りなく優しい。

なにがなんだかわからなかった。何度見ても、それは知らない女性だ。

わたしは再び目を上げた。男は燃え盛る怒りに身を包んでいたが、反面、わたしから聞き出したい「なにか」を待ち構えるようでもあった。

「声まで奪った覚えはない。歯を失っても声は出せるだろう」

わたしは口を開いた。途端に、溜まっていた血液が流れ出る。

「――い――。ひらな――い。な――に」

男が発していた怒りの熱が急速に冷えていくようだった。次に男と目が合った時、わたしは一瞬すべての痛みを忘れた。

目で人を殺せるとしたら、わたしは今、確実に殺されていた。

男の目は澄んでいた。美しいほどに。底まで透けて見える瞳を満たしているのは絶望だけだった。

男は写真を自らの方へ向けた。片眉が上がって、その顔は自分自身を嘲笑《あざわら》っているかのようだった。

「ハッ」

乾いた笑い声。

「ハハ――ハハハ」

わたしは呆然と男を見つめた。

世界一可笑しいジョークが手にしているものに書かれているかのように、男は笑い続けた。

「こんな――」

世界中を罵るような、憐れむような顔を男はしていた。

「こんな女のために、俺は」

男は首を垂れた。しばらくそうしていたが、自分を納得させるように何度か頷くと、足元のトレーを拾い上げた。そのまま扉に向かい、男は出て行った。

9

いよいよ死のにおいが充満し始めていた。体臭と汚物、それに血の臭い。わたしは檻を見回した。男は来ない。

一日経ったのか二日経ったのか。わたしが期待したのは、時間の経過と共に身体を動かせるようになることだった。しかし、肉体は回復するどころか悪臭を放つ死肉のようにどんどん傷んでいった。

歯肉の穴からの出血は止まったが、代わりに大量の膿が出始めていた。おぞましい悪臭は、潰れた鼻でも嗅ぎ取れるほどだった。

あまりにも長い時間拘束されているせいか、腕は感覚がなくなっていた。息を吸う度に胸は痛み、頭の中のオーケストラは休みなく、最大音量で演奏を続けていた。

男が出て行った後、わたしは力の限りを尽くして腰高の位置のビニールをぐるりと一周剝がした。そこに、男の子たちとは別の家族を見つけた。

わたしとひかりの写真だった。

自転車に乗っているわたしたち。団地前を歩くわたしたち。「ちっちゃい公園」で遊ぶひかり。どれも、男の作業場から撮られたと思われた。

着ている物から察するに、冬から春先にかけて撮られたもののようだった。ひかりの大きさを考慮すると、半年前。その頃、男はここへ越して来たのだろうか。男に見覚えはない。近距離に住んでいるからと言って顔を合わせることもなかったし、生活の時間帯が違えば――男が故意にずらしていた可能性もある――不思議ではない。

団地前に小さな会社があることは認識していたが、それがどんな会社なのか、また、どんな人物が住んでいるのか気にしたこともなかった。それはわたしの、他人への関心の薄さの表れだった。ほんの少しでも関心、もしくは警戒心があったなら。現に、三田さんはひかりの病院で見かけた人物が団地前に住む住人だと気付いた。

もし、わたしが彼女のように子どもを守るために常にアンテナを張っていたら、今度のことは防げただろうか？　三田さんは殺されずに済んだだろうか。ひかりのそばにいられただろうか。……たとえあの男と交流があったとしても、この状況は変わらなかったはずだ。なぜなら、あの男はどんな手を使ってでもこの状況を作っただろうから。

男が出て行って間もなく、写真の男の子があの男だと気付いたし、写真の女性は男の母親であろうと見当もついたが、だからと言ってそれ以上のことはなにもわからなかった。

男の言った言葉が谺《こだま》のように響く。

――自分が殺した人間の顔。

わたしに人殺しの過去はない。

誰かに暴力を振るったり振るわれたりしたのはここから脱しようとした時だけだ。あの時、脱出できるのならば相手が死んでも構わないと思ったのは否定できないが。

実際に人を殺したことはない。あの男は、人違いをしているのではないだろうか？

殺した人間。

殺された人間。

男の母親は殺されたのか？　その犯人がわたしだと言いたいのか。男の壮大な勘違いのためにわたしは監禁され、三田さんは殺されたと？　そんな馬鹿な。

あの男は三田さんをどこへ連れて行ったのだろう。家のどこかへ隠したのか。彼女の持ち物は捨てられてしまったのだろうか。

ひかりは意識が戻り、快復に向かっている。そうに違いないと思う度に、男の憐れみに満ちた眼差しがよみがえる。それと連動するように、三田さんが伝えようとしていたのはひかりの死だったのではないかという思いが浮かぶ。おぞましい考えをなんとか打ち消すが、絶望の残渣《ざんさ》が心に澱《よど》み始めていた。

何度か叫ぼうと声を発してみたが、ここが団地前で、たとえ人通りがある時間帯だとしても、とても誰かに聞こえるような音量の声は出せそうになかった。

男はわたしを殺すのだろうか。

男の期待する答えを持たない今、男がわたしを簡単に殺すとは到底思えなかった。

ヒカリ

わずかなまどろみの中で、わたしはひかりと手をつないでいた。

わたしたちは水たまりを飛び越える。清廉な時間がわたしたちを包む。この時間が永遠に続けばいい。その願いは、離れ離れになる指先の感触で叶わないのだと知る。

ひかりは空に吸い込まれるように上昇していくのに、わたしはどんどん落ちていく。

そして。

半分だけの視界に映るのは、黒い波と、わたしを見つめるおびただしい顔。

――ああ、こっちが現実か。

思いながら、まどろみの中ですら、それが「今」ではないとわかっていたことに気付く。

身体にまとわりつく澱んだ臭気が熱を帯びていた。血と汗で濡れそぼった服は肌にぴたりと密着し、体内の熱を逃がすまいとしているようだった。

しばらくすると猛烈な寒気が襲う。密着した服は、今度は体温を奪おうとするかのようだ。全身が震え、奥歯がカチカチと音を立てる。身体の下に敷いていた毛布は汗を吸って冷たかった。なんとかそこから這い出ると、もう一枚の毛布を探す。

音を立てないよう椅子を包んだ毛布は数メートル先の壁際で丸まっていた。今のわたしには上体を起こす気力も体力もなかった。仰向けになり、膝を曲げ、足裏で身体を押し出す。そこに辿り着くまでに、何度も休まねばならなかった。脚の具合を考えると、もう二度と立って歩くことはできない気がした。

身体に巻き付けようと苦心している最中、毛布から長さ五センチほどの釘が転がり出て来た。椅子を壊そうと毛布に包み、壁にぶつけた時に釘が外れたのだろう。こんなものが役に立つとも思えなかったが、血で濡れそぼったトレーナーの襟ぐりを開きブラジャーの肩紐に押し込んだ。

長旅を終えたわたしは目を閉じる。額に張りつく髪を払いたいが、手を持ち上げる元気もない。それはヒルのように張り付いたまま同じ場所から離れようとしない。

ああ、髪が邪魔だな。もう何年も美容室に行っていないから。こんなことになると知っていたら髪を切っておいたのに。その考えがおかしくて口角が引き攣る。

前髪《ふたつき》――ひかりの前髪が伸びていた。あれでは目に入ってしまう。切ってあげないと。二月に一度、ひかりを美容室に連れて行く。その間前髪が伸びた時はわたしの出番だ。いつだったか切りすぎてしまってひかりに泣かれたことがあったっけ。早く切ってあげなくちゃ――。

突然、臭気に満ちた黄土色の空気が引き潮のように消え、代わりに瑞々《みずみず》しく澄《す》んだ新鮮な空気が流れ込んできた。青色の空気が目に見えるようだった。わたしはその活き活きとした空気を吸い込んだ。どこもかしこも痛んだが、それだけで生き返る心地だった。

光が差している。男が来た。

頭上に気配を感じた直後、乱暴に毛布を引かれる。苦労して毛布を巻き付けたのは担架代わりにされるためではなかったのに。

気遣いと無縁の運搬は、身体中の痛みを呼び覚ました。そんな中にあっても甘美な空気に触れるのは心地よく、痛む内臓と外傷でさえ、しばらくは悲鳴と歓喜の混じり合った叫び声を上げた。

白の世界を通過する。毛布を引く男からは横腹の傷の影響はまったく感じられない。――、、、、、、三田さんを殺した時だって傷の影響はまったく感じられなかったじゃないか。

眩しすぎて、あまりにも悲しくて、わたしは目を閉じた。

連れて行かれた先は、わたしには馴染みのない場所――男の作業場だった。

窓にかかるブラインドはすべて下ろされていたが、日中であることがわかるくらいの明るさはあった。

作業台に向かう男は今日も代り映えしない白のワイシャツ、ベージュのチノパン姿。いつもはしっかりと袖口のボタンを留めているが、今日は肘の上まで袖を捲り上げている。あんなに張り切って、一体なにをするつもりなのだろう。今度は下の歯を抜くつもりなのだろうか。

広い部屋は真ん中を背の高い棚で仕切ってあり、窓側に横長の作業台が設置されていた。出入り口は二ヵ所。一つはおそらく玄関にほど近い、三田さんが入ってきたドア。もう一つが檻とこの部屋を繋ぐ通路である白の世界へのドア。逃げ出すこともできないのに出入り口を確認している自分が滑稽《こっけい》だった。

箱型の機械がミキサーのような音を響かせる。男はそこからなにかを取り出すと、持ち手の付いた金属の枠に盛り付けた。それを手にやってくると、空いた方の手をわたしの頭の下へ差し入れ、上体を起こした。棚に寄りかからせると、作業台から持ってきたものを口の中へ突っ込んだ。

粘土のようなもので口の中が満たされる。さらにその柔らかなものが喉の方へ流れ込み、わたしはえずく。溺れるように息をする。こんな無様な死に方があるだろうか。男はこんな方法でわたしを殺したかったのか？

数分後、口の中で塊になった粘土を取り出され、わたしは深く息をする。口の中は粘土のかすだらけだ。カラカラに干上がった口から唾液はほとんど出ない。舌を使い、かすを吐き出す。男はペットボトルの水と洗面器を床に置くと、取り出したものを手に机に向かった。ペットボトルはあらかじめキャップが外されていた。洗面器を使う必要はなかった。何度も咽せながら、ほとんどを飲み干してしまったから。喉の渇きが癒えると、寒気がぶり返してきた。苦心しながら毛布をかぶる。

わたしの様子を見るために振り返ることもなく、男は作業をしていた。しばらくすると男は回転椅子をこちらに向けた。

「石膏《せっこう》が固まるまでしばらくかかる」

今度はわたしの目を見ながら、

「本来なら抜歯窩《ばっしか》が塞がるのを待って、顎堤《がくてい》が滑らかになってから型を取るんだ。でも俺たちにはそんな時間はないし、そもそも咀嚼《そしゃく》機能を補う目的の義歯じゃないからね。形だけ整っていればいい」

男がなにを言っているのかわからなかったが、知りたいとも思わなかった。ただ、「俺たち」などと一括《ひとくく》りにされたくなかったし、「整える」という単語には聞き覚えがあった。

「俺はね、成美さん。義歯専門の歯科技工士なんだ。ここは歯科技工所」

歯科技工士。看板も出ていない小さな会社。歯科技工所。わたしには馴染みのない場所。三田さんにも、ほとんどの人間には馴染みのないところ。

棚には白い塊がいくつも並んでいた。それは義歯を作るために必要なものなのだろう、剝き出しの歯の模型を固定する装置だった。石膏が固まるまで――男はそう言っていた。あの白いものは石膏なのか。ならば、三田さんは石膏で殴り殺されたということになる。

「歯科に携わる人間と言われて真っ先に思いつくのは歯科医師だろうね。人によってはそれしか思いつかないかもしれない。実際には、歯科衛生士や歯科助手、俺たち歯科技工士がいて成り立っているんだけど」

男は、かすがこびり付いたわたしの口元をじっと見つめ、同情のかけらもない声音で、

「成美さんはほとんど歯の治療をしたことがないんだね。型を取ったのも初めてだっただろう？　鼻がそんな具合じゃ、相当苦しかっただろうね。

歯科技工士が作るのは義歯だけじゃない。インレー、クラウン、ブリッジといった詰め物や被せ物も作る。患者の体質や予算に応じて様々な材質で、もちろん完全オーダーメイドだ。材質によっては、それだけで見ると芸術品のような物もある」

男の声が頭上を滑っていく。わたしは、整然と並べられた義歯のなりかけに目をや

った。いくつもの剝き出しの歯はわたしを嗤《あざわら》っているように見える。

「もちろん義歯も患者に応じて作るから、すべてが俺の理想通りとは言えない。フルデンチャーでなければ思う通りには整えられないし。

でもね。元々叢生《そうせい》だった患者が歯を喪失して義歯を作る。そうすると――整えられるんだよ、成美さん」

身を乗り出した男は膝の上で手を組んだ。

「成美さんの上顎側切歯《じょうがくそくせつし》は矮小歯《わいしょうし》だった。それだと見栄えが悪いんだよ。他の歯と比べて小さすぎる」

それは、初めて核心に触れる内容だった。震えが止まる。

「――の？」

不思議そうな顔をして男はわたしを見ている。わたしは精一杯の声を出す。

「たか――ら……抜いたの――？　みはえが悪いから？　す――そんなことのために
……わたしをとしこめ――うの？」

「まさか」

ばかばかしいというように男は頭を振った。

「これは――いわば、念のための準備だよ」

椅子に座ったまま足裏で床を蹴り、男はわたしに近づいた。

「俺の母は歯並びが悪いのを気にして、写真に写る時は必ず口を閉じるようにしていたそうだ。成美さんも写真を見ただろう？」

そんな細かなところまで見ていなかったが、あの女性が幸薄そうに見えた原因はそれかもしれない。

「元々の母の記憶がないんだよ。母が普段どんな顔で、どんな風に俺に接していたか。記憶にあるのは『ある日、ある時』の記憶だけだ。

あの時、叢生の歯を――がたがたの歯並びを剝きだして、母は笑っていた。……いや、憤慨していたのかもしれない」

男は遠い目をしている。過去を懐かしむ目つきではなく、それは――。

「首を吊った人間が笑うはずはないから、あれはやっぱり激怒していたのかもしれないな」

首を吊った――？　男の母親が？

「俺は五歳だった。

目覚めた時、夕日が部屋全体を包んでいて、まるで身体が燃えているみたいだった。

俺は部屋を出て母を探した。母の姿が見えないことに不安を覚えたからだ。虫の報《しら》せとかそんなんじゃない。子どもは、どんな時でも親がそばにいないと不安になるものだろう？

向かった先はダイニングだった。そこはきれいに片付いて、生活のにおいがしなかった。すべてが整い過ぎて奇妙なくらいに。薄いカーテンが引かれたダイニングの窓から、真っ赤な花がこっちを見ていた。

次は風呂場へ行った。寝室にもトイレにも、どこにも母の姿はなかった。家の中は静まり返って、すべてのものが息をひそめているようだった。

リビングへ引き返そうとした時、ある部屋の前で足が止まった。仏間だ。沢山の遺影と位牌が怖くて、俺は滅多に出入りしなかった。

その仏間から、ひそひそと囁くような声が聴こえた気がした。俺が引手に手をかけた瞬間、声がぴたりと止んだ。俺が来たことがわかって、中にいる『なにか』が話を止めたみたいに。俺は引手にかける指に力を込めた。家中のものの『声』と『気』が俺の足元から這い上がって来るみたいだった。

襖の向こうに母を見つけた時、鼓膜を震わすほどの声が俺を包んでいた。

――母を見つけてから祖母に発見されるまで、俺は丸二日、首を吊った母の遺体のそばで過ごした」

淡々と語る男の肩がわずかに震えていた。

わたしは想う。写真の中で幸せそうに笑っていた男の子を。

男の子は泣きながら膝を抱えている。ゆらゆらと天井からぶら下がる母親の隣で。

見つけた時、はたして男の子は母親が死んでいることに気付いただろうか？　そもそも、死という概念が彼にあっただろうか。

五歳の子どもだ。彼はたった五歳だった。

刻々と姿を変える母親の隣で、男の子はなにを思って夜を過ごしたのだろう。憤怒の顔を見て、叱られていると思っただろうか。必死に話しかけただろうか。

「ママ」

声が嗄《か》れるほど母親を呼んだだろうか。揺すって、床に下ろそうとさえしたかもしれない。

そして後はただじっと、待っていたのだろう。母親が下りて来て抱きしめてくれるのを。

その痛ましい光景は、実際に目にしたのではないかと思うほどくっきりと思い描くことができた。

しかし──。

ここへ連れて来られて初めて、男に対して心が動いた。

幼い頃の男に同情はするが、それがわたしと一体なんの関係があるというのか。

その想いが伝わったかのように、男がわたしの無事な方の瞳をじっと見返した。

「わたしになんの関係があるの？　――って顔だ」

わたしは男から目を逸らさなかった。逸らす理由がない。

「そうやって、自分のしたことも忘れて何十年と生きてきたのか」

男の目に、侮蔑の念が湧き上がっていた。

「俺と母のことは覚えていなくても、後藤勲子《いさこ》は覚えているだろう？」

数十年ぶりに聞く名前は、驚くほどの胸の痛みをもたらした。

「母親だ。まさか忘れたりしてないよね？」

わたしのショックを見て取ったのか、男は満足そうに微笑んだ。

「後藤勲子は、俺の家族を崩壊させた」

その名前で充分だった。

その一言はわたしの疑問を払拭し、男の行動の理由を示すのに充分だった。

身持ちの悪い母は、幾度となく不貞をはたらいた。父はそんな母を許し続けた。幼いわたしは、人目もはばからず昼となく夜となく逢引《あいびき》のために出かけていく母のことも、それを咎《とが》めるでもなく黙認する父のことも理解できなかった。

母が家を出たのはわたしが十一の時だ。それまでにも何度か友達と旅行に行くといったような口実で――数日とか一週間――家を留守にすることはあったが、その時ばかりはなにも告げずに出て行った。

あの日父は仕事で家を留守にしていた。母はもう帰って来ないのだと、一人きりの部屋で目覚めたわたしは、なにも置かれていない鏡台を見て悟った。

それまでの不貞の相手は独身だったようだ。——これは母の蒸発後、周囲の人から聞かされた話だ。不貞にルールもなにもあったものではないと思うが、相手は独身で子どももいない男というのが母の信念だったらしい。ところが、手に手を取って駆け落ちした相手は子持ちの既婚者だった。

幸薄そうに微笑んでいた女性の顔が目に浮かんだ。

「さあ、成美さんの次なる疑問」

思い出させる猶予をたっぷりとった後、男は口を開いた。

「『どうしてわたしなのか？』——悪いのは二人で、自分じゃない。そう思うはずだ。それに対する答えは二つある。

一つは、問題の二人は勝手に不幸になっていたから。——ああ、心配いらないよ、二人は生きてる。まあ、あれが——社会的な意味で生きていると言えるのかどうかは疑問だけど」

含みのある言い方で母の現在を語った男は、凍えるような微笑を浮かべた。

「二つ目。成美さんこそが、母の死の原因だから」

脆《もろ》く危険な空気が周囲に張りつめた。

「――に？」

今しがた、男自身が言ったはずだ。母親は首を吊った、と。

「な――に――？」

「言いたいことはわかるよ。母を殺したのは母自身だ。成美さんが直接手を下したわけじゃない。

家庭を崩壊させたのは後藤勲子と俺の父だけど、母の死の引き金を引いたのは成美さん、あなただ」

青白い怒りの炎を宿した瞳がじっとわたしを見つめる。

「母が残した日記にすべて書かれていたよ。主に、俺の成長記録として書かれていた日記が、父の不倫に気付いた辺りから筆跡が変化するほど動揺した、そのことばかりのものになっていた。

あの日記を手にした日、俺は溜飲が下がる想いだったよ。それまでは、抱えている怒りをどこにぶつければいいかもわからなかったんだから」

――成美さんはまだいい。憎むべき対象が目の前にいるんだから。最悪なのは、理由もわからず誰を憎むべきなのかもわからないことだ。

「母にとっては、父と俺が世界のすべてだった。父がいなくなって、その均衡が崩れた。母は急速に――病的に、精神的に追い詰められていった。父がいなくなったのは自分に非があったせいだと母は自分自身を責めた。相手の――後藤勲子を責める言葉もなくはなかったけれど」

それでも――と男は言葉を繋ぐ。

「怒りのすべてを自分に向けるみたいに、自分を責め続けた。周囲の人間は黙っていられず成美さんの家に怒鳴り込んだりしたみたいだけど、それすら咎めたほどだ」

家に怒鳴り込んできたのは相手の妻だったと勘違いしていた。あの時、父は土下座をして相手に謝罪していた。なにも悪いことをしていない父がなぜ謝らねばならないのか、そして『同じ立場の人間が、どうして相手を詰《なじ》れるのか』と、ドアの隙間からその光景を見つめ、わたしは拳を握っていた。

今では顔かたちも思い出せないだれかが女性であったことが、相手の妻と誤認する原因だったのかもしれない。

「成美さんが見つけた写真だけど」

幼いわたしと、もっと幼い男の写真。男はそれを白い胸ポケットから取り出した。

「日記にこの日のことは書かれていなかった。成美さんも覚えていないんだろう？母がなぜこんな写真を撮ったのか俺にはわからない。この時すでに父の不貞を母は知っていた。それなのに、一体どういうつもりで相手の子どもに会いに行ったのか――ましてや自分の子どもと一緒に写真を撮るなんて」

何度思い出をひっくり返しても、わたしにこの記憶はない。

「相手の家族を見てみたかっただけなのか――」

男が写真を自分に向ける。裏に書かれたわたしと男の名前。牽制し合うように隅に寄っている。そこに、男の母親の心境を見るようだった。

「確かなのは、その後、母が成美さんに対して情を抱くようになったってこと」

呆れたようにため息を吐くと、

「いくら子どもに罪はないとは言え、俺なら伴侶の不倫相手の子どもに対して憎しみは持っても、情を抱くなんてあり得ない。でも母は違った。成美さんの家に乗り込んでいった親戚を咎めた理由も、自分自身を責めていたっていうのに加えて、同じ立場の者を責められないと思っていたからだ。

夫に捨てられた自分と息子。妻に捨てられた男とその娘。同じ境遇にある者同士。何とはなしに、成美さんたちは母の生きる縁になっていたらしい。あの人も、あの子も、妻が、母親がいなくてもやっているじゃないか、と。母はそんな風に自分を奮い立たせていた。ところが――」

男は失望の眼差しをわたしに向けた。

「成美さんたちはあの町を出て行った。もう一度やり直すために」

生まれ故郷を後にしたのは、やり直すためではなかった。いられなくなったから出て行っただけのこと。事実、どこへ行こうとも父もわたしも変わらなかった。

「成美さんたちが発つ日、母は後藤家に行った。おそらくなにか言おうとか、そんなつもりじゃなかったはずだ。ただ見送るためだったんだと思う。そこで――。言われたんだ。『お母さんがわたしたちを待っている。これからお母さんと一緒に、家族みんなで暮らすんだ』って」

忘れていた過去が、猛スピードでわたしを追いかけてくる。心は風を受けてざわざわと波立つ。

「母は思わず言った。『向こうの人たちはどうなるの』と」

男の声と幼いわたしの声が重なる。

「『全部あっちの人たちが悪いんだ、あっちの男《ひと》がお母さんを奪って、あっちの女《ひと》が大事なものを手放したせいだ』

『自業自得だ』」

十一のわたしは周囲への言い訳として自分の願望を用意した。

相手の家庭に責任転嫁したのは自分の心を守るための唯一の逃避手段だったからだ。

そして、捨てられてもなお母を愛し続ける父への不満を、面と向かっては言えない父の不甲斐なさを、その矛先を相手の妻に向けた。

誰かに訊かれる度に、わたしはそれらを口にした。誰にでもその受け答えをした。

それは特別な意味などない、単なる逃げ口上だった。

「成美さんのその言葉は、凄まじい破壊力を持って母の心を壊した」

そんなつもりで言ったんじゃない。そもそも、彼女が誰かもわからなかったのだから。

「家族みんなで暮らす……その言葉を母は信じた」

釈明をしようと口を開きかけたところで、男は右手で押し留めるような仕草をした。

「言い訳は必要ない。その後母親と暮らした事実がないことはわかってる」

男は手を引っ込めると、

「母の心を打ち砕いたのは、むしろ『大事なものを手放した』って言葉だった。母は手放したんじゃない、必死に摑んでいた手を引き千切られたんだ。

それに『自業自得』――この言葉は、生と死の境でかろうじて踏みとどまっていた母の背中を押してしまった」

男は落ち着いた口調だ。

幼い男と一緒の写真で、わたしがあんな表情だった理由を思い出す。

あの頃わたしはすべてに怒っていたが、一番の怒りは父に対してだった。わたしを捨てた母よりも、そうなることは予見していたはずなのに、なんの手も打たず、変わろうともしなかった父。母が離れていくことを恐れ、詰ることすらできなかった父。それがわたしの目には、父が大事なものを易々と手放したように映った。

『自業自得』

当時、わずかでも父に抱いた感情。それを口にすることは父の心を壊す行為だと幼いながらに理解していたわたしは、決してそれを父に向けることはなかった。

それなのに、その言葉を浴びせたのが父と同じ立場の人だったなんて。わたしはその出来事すら覚えていないのに。破滅的な言葉を、言ってはいけない人に向けていたなんて。

「この前、成美さんが言っていたことを考えてみたんだ。女には二種類いるって話。俺の母も、成美さんの母親と同じ『子どもを産んでも母親になれない女』だったのかもしれない。五歳の息子がいる家で、誰も帰って来ないとわかっている家で首をくくるなんて、親のすることじゃない。そうだろう？　それに、生きる意味なら充分あったはずだ。世界の半分は残されていたんだから」

母親にとって世界の半分であった男は両腕を広げた。わたしに同意を求めるように。

ため息とともに腕を下ろし、

「結局、母はずっと女だったんだな。子どもより夫を愛し、残される子どものことより自分の想いを優先させた」

男は引き攣る唇を横に引いた。

「その後、俺は母方の祖母に育てられた。祖母が両親の話をすることはほとんどなかった。幼い孫を残して自死した娘を恨めしく言うほかは。特に、父を悪く言うところは見たことがない。

でもさ、成美さん。吐き出すものが多い人ほど、心に毒を持たないと思うんだ。恨みや妬みが鬱積《うっせき》された心は強力な毒となって全身を蝕《むしば》んでいく。ほら、ちょうど母のように。結局母は、自分の作り出した毒に侵されたんだ」

それに、と男は言う。

「日記を残して逝った母も、それを俺に残した祖母も、口にこそしなかったけれど、そうすることで家族を捨てた父への恨みを継承させようとしたんだ。母たちの企《たくら》みは見事成功した。実際、俺は父を恨んで育ったわけだから。それに、母が最期の場所に仏間を選んだのは、おそらくそれがあの時の母にできる最大の当てつけだったからだ。父の先祖の前で、父の犯した罪によって死んでいく姿を見せることが。

俺は父を恨んで育った。母たちに仕向けられなくても間違いなく恨んだはずだ。

——成美さんは家族を捨てた母親を憎まなかった？」

憎み切れたらどんなに楽だったか。

十一のわたしは、恨めしく思う反面、母を必要としてもいた。それは恋しさにほかならず、その想いはいくら父でも埋めることはできなかった。母親でなければ満たせないなにかがあって、それはおそらく年齢は関係ない。その想いは四十を過ぎた今でも胸の奥にあるのだから。

母としては最低な人だった。頭ではわかっていた。

荷物を運び出された部屋で独り目覚めた時、母は二度と戻ってこないと悟った。それにもかかわらず、母の行きつけだった美容室や喫茶店の前に何時間も立った。

頭と心は別物なのだ。

その気持ちを、男が理解できるとは思えなかった。顔を消された男の父親。わたしたちは同じ立場かもしれないが同じ境遇ではない。

息を引き取った親と過ごした夜はわたしにもある。男と同じく独りきりだったが、刻々と姿を変える男の母親とは違い、父は生前の姿を保っていた。なにより、わたしは五歳の幼子ではなかった。

「父を憎む分、余計母を恋しく思った。でも、いつもあれが恋しさを消し去った。母の最期の顔が」

男は肩を落とした。

「最後の最後で、母は見せるものを間違えた」

沈痛な面持ちで、男は言った。

「母の口元。悶《もだ》え苦しんだ証《あか》しなのか、乾燥した歯肉に上唇が張り付いて前歯が剥き出しになっていた。幼い俺は、その憤怒の笑顔を二日間見させられた。母を思い出そうとしても、あの口元しか思い出せないんだ」

念のための準備。男は前にそう言った。

わたしを殺した後、万が一そうなってもいいように予《あらかじ》め「整えて」おく。

膝の間で指を組むと、男は上体を乗り出した。

「どんなに忘れようとしても、母の最期の姿は記憶から消せなかった。消そうとすればするほど、より鮮明な記憶となってさらに俺を苦しめた。

父と後藤勲子がしたことだけがすべてだったら、おそらくこんなことはしなくて済んだ。あの記憶が――母のことさえなければ、少々苦い過去くらいやり過ごせたはずだ」

だっておまえはそうやって生きてきただろう？　男の目が言っていた。

「歯科技工士になった俺は、義歯を〝整える〟ことで正気を保っていた。来る日も来る日も義歯を作り、完璧な歯並びに拘《こだわ》った。仕上がりはどれも満足のいくものだった。それなのに、完成直後にはあの記憶がよみがえる。そしてまた新しい義歯を作る。その繰り返し」

この先百年作業を続けても、男は満足のいく義歯を作ることはできないだろう。男が本当に〝整えたい〟のは母親の口元なのだから。

正気を保つために義歯を作り続けたと言うが、その行為こそが狂気だと、なぜ気付かないのだろう？　作れば作るほど、決して整えられないものへの執着が増すだけなのに。

「母の死は、俺に苦しみと疑問を与え続けた。

なぜ、母は死ななければならなかったのか。なぜ、俺はこんなにも苦しいのか。この苦しみの発端はなにか。

母の日記を読んで解けた疑問は、次なる疑問を呼び起こした。母の死のきっかけを作った女は、どこでどんな風に暮らしている？　彼女の後悔と苦しみはどれほどだろう？　笑う度に、楽しいことがある度に、その資格はないと自分を責めているだろうか。泣く度に、悲しいことがある度に、こんな想いをさせたのかと自らを責め苛んでいるだろうか。

そうならいいと思った。それが当然だとも。そして、彼女がそんな風に生きているのなら――罪の意識に苛まれて生きているのなら――いつの日か、完全にではなくても、彼女を赦《ゆる》せる日が来るのかもしれない。そして、俺は苦しみから解放される。

でも、どれも願望に近い推測ばかりで確かなことはわからない。成美さんの生い立ちや過去を調べても、成美さんがどう感じていたのか、今現在どれほど後悔しているのか俺には知る術がない。――実際に本人から聞くほかは。

ひかりちゃんの転落後、成美さんが団地前で立ち尽くしているのを見て『その時』が来たと思った」

男はわたしを透かしてなにかを見ていた。

「成美さん、ずるいよ」

男は唐突に言った。

「成美さんは幸せでいてくれないと。……『わたしたちは不幸じゃない、幸せだ』っていう自己暗示めいたものじゃなくて、誰が見ても幸せだろうと思う形にさ。そうじゃないと、同情しちゃうでしょ。うらぶれた団地に住んで、旦那もいなくて。自分のことはそっちのけで懸命に仕事と子育てをして。しかも、子どものひかりちゃんは――」

突然放心したようになった男は、徐々に焦点を絞ると続けた。

「ひかりちゃんの成長を間近で見ていたら少なからず情がわくよ。それに――」

焦点を結んだ瞳をわたしに向けた。

「なにより、成美さんは後悔していると思った。母を傷つけたことを」

男は一度視線を下げ、ゆっくりと顔を上げた。

「俺が許せないのはね、成美さん。成美さんが忘れていたことなんだ。母のことを。死に追い込むセリフを吐いたことを」

揺らぎのない真っすぐな瞳は、わたしの胸を刺した。

「チャンスは何度も与えた。それなのに、過去の話をさせてみても後悔を口にするどころか一向に母の話にならない。極めつきは母の写真を見た時の成美さんの顔だ——。こんな人、見たこともない、知らない。本当に知らない、、、、、って顔。母の死はなんだったのか——。俺の苦しみは、赦しにも似た感情はなんだったのか」

長い間があった。俯いた男がどんな顔をしているのかわからない。

「人によっては忘れることが救いになる場合もある。痛い記憶、辛い記憶。もし俺が、母の最期を忘れられていたら。そしたら、違う人生を歩めたはずだ。

逆に、忘れることが罪になる場合があるんだよ、成美さん。

その手に感触がなくても、ナイフやロープを使わなくても、人は人を死に追いやれる。

凶器の言葉を発した人間には、血濡れたナイフを、爪が喰い込んだロープを常に握らせるべきか？　二度と誰も傷つけられないように、その口を縫い付ける？　そこまでしないと命を奪った実感が湧かないのか？　他者の人生を途切れさせるだけでは飽き足らず、さらに忘れる罪まで犯すなんて」

そんなこととわたしとは関係ない、知らないと言えないのは、心のどこかに罪悪感が残っているからだ。

幼いとは言え、当時のわたしは逃げ口上を口にする度、チクリと刺す胸の痛みを確かに感じていた。気付かないふりをしていただけで、それが誰かを傷つける言葉であるとわかっていた。

ぼそりと、男はつぶやいた。

「でもこれで、成美さんも独りだ」

ようやく男は顔を上げた。その顔に表情らしいものはなかった。

独り。ひかりの死。

「――ちあ……う、ひかりは、死んで、ない」

「……まあ、そう信じたいよね。俺たちの母親とは違って、成美さんはなにがあっても母親みたいだから」

そう言って、男はちらりと窓に視線を投げる。

「俺、見てたんだよね。ひかりちゃんが落ちる瞬間」

「な――に――」

——ママ。

「あの時、成美さんは自転車に向かってた。鍵をかけ忘れたのかな？」

——先に行ってて。自転車に鍵かけるの忘れた。

——ほらね。おっちょこちょいはママでしょ。

「ここからは団地がよく見える」

男は腰を浮かせブラインドを引き上げた。ブラインドの下部がなにかに当たりこつんと音を立てる。窓には、以前にここから引きずり出される時に見たのと同じ光景が広がっていた。

「せり出した踊り場からひかりちゃんが顔を出した時、成美さんを見ているんだってすぐわかった」

他者からその話を聞くのは、我が身を引き裂かれるような想いだった。

「その後、ひかりちゃんの手元でなにかがきらめいた。ひかりちゃんはなにかを取り落としそうになって、さらに身を乗り出した。止められるものなら止めたかったけど、そんな間もなかったんだ」

わたしは口元に手を当てた。

男は、例の憐れみに満ちた——いささか満ち過ぎた——瞳をしている。

「ひかりちゃんが取り落としそうになったもの。これだよね？」

男はわたしの顔の前になにかを差し出した。丸みのある塊。おどけた顔で笑うネコ。

——ママ、カギ。カギちょうだい。

小さな手のひらに載せた、ひかりの大好きなネコのキーホルダー。

男がわたしにそれを握らせる。

なぜこれを、男が持っている？　これは病院にいるひかりの枕元に置いてきたはずだ。

——病院であの男を見かけたんだ。

病院関係者の中に男に協力する者がいて情報を流しているのだと思った。それを聞き出すために病院にもいたのだろうと。せめて、そうであってほしかった。ひかりの近くに男がいたと認めるなんて耐えがたいことだった。

そもそもこのキーホルダーがわたしたちの物だとは限らない。誰でも手に入れられる代物だ。震える手でキーホルダーを裏返す。目に飛び込んできたのは——見間違えようのない、娘の字。

〝ごとう　ひかり〟

「とうやって」

男が顔を仰向けた拍子に、回転椅子がぎいっと鳴った。

「ひかりちゃんの枕元にあったキーホルダーを見た時、転落する時に取り落としそうになったものがそれだってすぐ気付いたよ。病院には何度か行ったけど、面会したのは一度だけ。一緒にお絵描きをしたんだ」

「な、に。なに言って――」

「お絵描きが好きなんだよね？　ひかりちゃん。成美さんの知り合いも芸がないよね、お絵描きセットがいくつもあったよ。それで描いたんだ」

男はなにを言っている？　面会？　お絵描き？

い、い、い、ひかりは目覚めていた？

「ひかり――意識もどっ――て」

「戻っていたよ」

ひかりの意識が戻った！　ひかりは――。

「安心したような顔するのやめてよ。言ったよね？　ひかりちゃんは死んだって。お絵描きができるくらい快復していたんだ。それなのに――」

心が頭に追いつかない。心はひかりの快復を聴き、耳はひかりの死を聴いている。

「訊きたいことが山ほどあるって顔だね。なにがそんなに不思議なの？　病院の警備がゆるいこと？　病院は悪くないよ。それだけ俺が狡猾《こうかつ》だったってだけで。ただ、普通の転落事故じゃないから――これは前に話したよね？　成美さんが疑われてるって話。警察が動いていて、ここにも何度か来たよ」

警察。

それならば三田さんのことも、きっと警察が――。

「お向かいさんのこと考えてる？　あの人のことが露見するのも時間の問題だ。あの人、相当変わってるよね。インターフォン鳴らして家人が出て来なければ、普通諦めるでしょ。それを、時間を空けてやって来て、しかも勝手に入ってくるなんて」

「ちあ――。わざと」

警察が動いている。何度もやって来る隣人。必ず障害になる。

だから、わざと鍵をかけなかった。

男はなにも言わない。口を開いたと思うと、話題を変えた。

「残りの疑問は？　俺は警察にマークされていないのか？　ひかりちゃんに面会した時点で間違いなくマークされただろうね。自分では巧妙な細工をしたつもりだけど、警察がそんなものに騙《だま》されるほど愚鈍だとは思わない。だから、時間がないんだ」

男が病院で騙《かた》った身分。

ひかりの転落後、警察は目撃者を捜しただろうか？　近隣住民を調べただろうか。

男は対応した？

二人が同一人物だと判明するまでに、どれだけの時間がかかるだろう。

そもそも男がひかりに会ったのはいつ、いつのこと？

「キーホルダーをいつ持ってきたか？　その時だよ。一緒にお絵描きをした時。面会した証拠にね」

「うそだ」

「嘘？　ひかりちゃんがキーホルダーを渡したこと？　一緒にお絵描きをしたこと？それだけの信用が俺にあったとは思わないの？　いつになったらその可能性に気付くの？」

信用？　ひかりがこの男を信用する？　見ず知らずの他人を？　まさか。

男はしばらく見つめていたが、わたしが可能性に目を瞑ったのを見て取ったのか、大きなため息を一つ吐き、立ち上がった。作業台の引き出しを開け、中からなにかを取り出す。こちらにやって来る男が手にしているのは写真立てだった。

わたしの前でしゃがんだ男は、裏返しになっている写真立てをひっくり返した。そこには――。

「ひか――り？」

もえぎ色のカーディガンを着たひかりが笑っていた。その隣で――心を許した相手に与えられる距離で――笑っているのは。

信じられない気持ちで男を見上げる。男は満足そうに微笑んだ。

「俺とひかりちゃんはひみつの友だちなんだ」

ひみつのともだち——？

その言葉のおぞましさに、嫌悪が駆け巡る。

「ひかりになにを。なにをしたの」

「一緒に遊んだだけだよ」

飄々《ひょうひょう》とした口調。

全身を巡った嫌悪が一瞬で怒りに変わる。

この男は、わたしの娘になにをした!?

摑みかかろうと腕を伸ばすが、男はひらりと身を躱《かわ》す。行き場を失った両手が空を搔き床に倒れ込む。

「ころしてやる」

にじり寄ろうとついた両手を男が踏みつけた。手首がギリギリと音を立てる。わたしは悲鳴を呑み込んだ。

「こんなことさせないでよ」

手首にかかっていた重みが離れる。留めていた悲鳴が熱い奔流となって迸る。

「俺がひかりちゃんにおかしなことをしたんじゃないかって疑ってるんだね？　成人男性と幼児の間にも友情が存在するんだよ、成美さん。成美さんは母親だから過剰に心配するんだろうけど、俺は小児性愛者じゃない」

女を拉致監禁する異常者だ。そんな男とひかりは。

「成美さんにしたようなことをひかりちゃんにもしたんじゃないかって思ってる？　まさか。相手は子どもだよ。しかも、間近で成長を見て来た子どもだ。あり得ない」

間近で生活を観察していた女にひどい仕打ちができる男だ。

「疑問は解決したかな？　そろそろ作業に戻るよ」

男は回転椅子に腰かけると、床を蹴って作業台についた。

わたしはようよう起き上がると、床に置かれた写真立てを手に取った。手が震えている。

なんてこと。なんてことだ。ひかりとあの男が一緒にいたなんて。

なにも知らなかった。ひかりはなにも話さなかった。

男に脅されていた可能性は？　写真の中のひかりは屈託なく笑っている。ひかりが着ているカーディガンは、年明けのセールで買ったものだ。ひかりが一人になるのは「ちっちゃい公園」で遊ぶ時だけだったはず。ひかりを迷子にして――実際には三田さんに保護されていた――以来は決して一人にさせることはなかった。年明けからの数ヵ月、団地前でひかりが遊んだことが幾度あっただろう？　男はその時に声をかけたはずだ。周囲の目もあっただろうに、一体どうやって？　この写真はどこで撮られたもの？

男はわたしのことなど気にもしていないようで作業に没頭している。

ブラインドを上げた窓。男はわたしたちの生活を観察し、ひかりが一人になる機会をうかがっていた。あの窓から――。

窓枠の隅に置かれたもの。男がブラインドを引き上げた時に当たり、音を立てたなにか。あれはなんだろう？　小さな置物？　ピンク色の置物なんて――。

感電したような衝撃があった。

窓枠から滑り落ちた視線が、男の作業台で止まる。

作業台の上には見たこともない形の道具が出しっぱなしになっている。いくつかの道具をすり抜けた視線があるものを捉える。義歯を作るために男がわたしの口に入れた型。そこに嵌《はま》ったままの、今は乾いて固まっているように見えるピンク色の物体。粘土のような、その物体。

窓枠の置物。

――あれは犬だ。蕎麦屋の。

いつかの洗濯前、ひかりのポケットから出て来た、乾いたピンク色の粘土。なにを作ったのか訊ねたら、蕎麦屋の犬だと答えた。あの時返答するのに間が空いたのは――。

三田さんと「ちっちゃい公園」で遊んでいたひかりが、帰り際、道の向こうに目を向けた。「ヤマ　デンタル器材」車体側面のカタカナを読んでいた――ひかりはそう言った。でも、あの時――。胸の前にそっと手を置いていたひかり。あれは。あの手の形、あのポーズ。

ひかりはこの男に手を振っていた。

男の言う通り二人は「ひみつの友だち」で――しかも、ひかりはこの家に出入りしていた。

赤いランドセル。数ある中で、ひかりは赤いランドセルを欲しがった。幼いわたしが写っていた写真。ひかりはあれを見たのだろう。男は「これは小さい頃のママだよ」とでも言ってあの写真を見せたのだろうか。ママの写真を持っている人が、内緒だよと言って家に上げるのを、娘は不審に思わなかったのだろうか。男はそれほど巧《たく》みに娘を信用させたのか。

姉妹がいないせいか、ひかりはよくわたしの真似をした。幼いわたしが背負っていたランドセル。だから――。だから赤いランドセルを欲しがった？

ひかりがひみつの友だちに手を振り階段を駆け上がり、三田さんはこの建物を見つめた。なにかを探す目つきで。あの時すでに、三田さんはなにかを感じていたのだろうか。

わたしはなにも見えていなかった。

ひかりのことはなんでも知っていると思っていた。見ようとしなかっただけで、わたしの知らない部分がこんなにもあったのに。

目まぐるしく景色を変える中で、ひんやりとした部分が胸の中で広がっていくのを感じていた。目を逸らし続けていただけで、それはずっと同じ景色を映していた。

ひかりは本当に死んだのか？

男が持ってきたキーホルダー。枕元に置いてあった、と男は言った。実際に行っていなければわかるはずがない。

意識が戻ったひかりと一緒に絵を描いた。それが本当なら、そこまで快復したのに亡くなるなどということが起こりうるのだろうか？

男は病院にいた。それは三田さんも目撃している。

男は三田さんを殺した。

ならば――男がひかりを殺した可能性は？

一心不乱に、わたしの義歯を作る男。

男はわたしを恨んでいる。

『これで、成美さんも独りだ』

そもそも男がわたしを監禁したのはひかりと引き離すため。わたしから希望と理由を奪うため。男の望みはわたしを独りにすること。自分がそうであったように、一番大事な存在を失わせること。

いい、いい、いい、いい、
ひかりが完全にいなくなることで男の望みは果たされる。


作業が一段落したのか、男は、はなうたを歌っている。

この男はひかりを殺したのかもしれない。

疑念は確信に変わり、確信は殺意になった。まるで赤々と燃える練炭を飲み込んだように喉も腹も焼け、わたしという人間が内側から溶けてゆくような感覚に陥る。

素早く視線を走らせる。武器になりそうなものは山ほどあるが、手に届く範囲にあるのはそばに置かれた洗面器とペットボトル、それに写真立てだけだ。笑顔のひかりに指を這わす。感覚の鈍くなった指先でも、それが硝子の感触だとわかる。手のひらを硝子の上に乗せ、体重をかける。硝子にヒビが入る音は、男のはなうたにかき消された。

男までの距離は二メートル。拘束されていない健康な脚があれば一秒もかからずに飛び掛かれただろうが、わたしにあるのは重石のような両足だけだ。

にじり寄る。あと少し、もう少し。

男がなにかつぶやく。

突如、頭の中で、ひかりの声が鮮明によみがえる。お絵描きをしている時ひかりはよくはなうたを歌った。コマーシャルソングで、セリフまで真似ていた。男のはなうた、今のセリフ。ひかりと同じ。

男の言う通り、ひかりは意識が戻り男とお絵描きをした？　男はひかりになにをした？

両手を振り上げた瞬間、男が振り返った。かまわず振り下ろした手から飛び退《の》いた男は、わたしの手首をがっちりと摑んだ。男の手を振り払い一矢報いようと暴れるが、手首を益々きつく締め上げられ、手からこぼれたものがチリ――というかすかな音を立てる。

「なんの真似？」

男は床に落ちた硝子の破片に一瞥をくれた後、薄い笑みを浮かべた。

「逃げるためにこんなことを？　ここを出て、どこへ行く？　ひかりちゃんは死んだって言ってるのに」

「おまえがころ、した」

男が呆気にとられたような顔をした。純粋にすら見えるその表情は、腹の底の殺意を燃え上がらせた。

「おまえがひかりをころした」

抑えようのない怒りがマグマのように噴き出してくる。

「俺はなにもしてないよ。ひかりちゃんが転落するのを見てしまったことが罪になるのなら、つないでいた手を離した成美さんの罪は？　ひかりちゃんの死を誰かのせいにしたいなら、自分を責めるべきだ」

「おまえがひかりを――」

「いいか」

男がわたしの両手を捩じり上げる。

「人を殺せば証拠が残る。病院のような人目のある場所で、目撃者も出さず、証拠も残さず殺人ができる方法があるか？　そもそも、俺がひかりちゃんを殺す理由は？」

「わあしから奪うため。わあしをひとりにさせるため」

「その機会なら以前にあったよ、成美さん。この家でね」

「わすえたことの罰」

「忘れたことの罰？」

男がわたしの手首から手を離した。

「罰は本人が感じるもので、与えるものじゃないよ」

素っ気なく言うと、男はわたしを流し見た。憐れむような目で。

「成美さんは、どこへ行っても独りだ」

今、男の顔から淡い笑みは消え去っている。

「それは——おま、え、のこと」

衝撃が、さざ波のように男の顔に広がっていった。

「ああ、そうだね」

男は目を細めた。その目はなにを見ているのか。

「確かに、俺はずっと独りだった。母が死んだ時、俺の中のなにかも死んだ……いや、芽生えるはずだったなにかを摘まれてしまったのかもしれない。一緒に暮らした祖母は俺に愛情を注いでくれたけど、母の代わりにはならなかった。ずっと、満たされない想いと孤独を感じていた。

自分で家庭を持とうと思ったこともある。でも、できなかった。裏切られたら？子どもが産まれたら？

祖母が亡くなった時、俺はほっとした。これで本当に独りだ、と。この先俺が死ねば恨みも孤独も、母からの呪縛も消える」

すっ――と、男はわたしに視線を移した。

「帰るところもなく、愛する人にも会えない。希望も理由もない世界で生きて行かなくちゃならない苦しみは想像以上に辛い。それって結構、地獄だよ。地獄って死後の世界だと思うだろ？　でもね、地獄はこの世にある。圧倒的な孤独！　それこそが地獄なんだよ」

地獄を生き抜いてきたと自負する男は両手を広げる。

「勝手に、堕《お》ちた」

本物の地獄は。

「おまえが、勝手に、堕ちた」

本当の地獄は。

――ママ。

どうやっても戻らない時間を、出来事を、悔やみながら生き続けること。まどろみの中でさえ、その現実から逃れられないと知ること。

――あたしが死んだら、誰が娘を思い出してくれる？　あたしは死の瞬間まで娘を想う。それがあたしの生きる理由。

それでも生きてゆく。

どんな地獄であっても、人は理由と希望を見出し生きていく。そうでなければ生きてゆけないから。

——あたしの光は、もう目には見えないけれど——でも、ずっとここにいる。

そして地獄の中にも、確かに光は存在するから。

「たれもが、みんな、傷だらけで生きてう」

——傷ついて傷ついて、満身創痍でみんな生きてる。

「おまえは、そこのいここ——ちがいいから抜け出さないたけ。光を目指す勇気がない臆ひょう、者。わたしは、おまえと違う。せったいに諦めない。せったいに、ひかりに会いにいく」

今にも砕け散りそうな心が悲鳴を上げる。

もし、本当にひかりが死んでいたら——？

それでも、この目でひかりを見るまでは。この腕でひかりを抱きしめるまでは。

「どうしてそんな風に」

わたしは拘束された姿のまま、床を這う。ひかりを目指して。

「どうして！」

男がわたしの足首を摑む。その手を引き剝がそうと暴れるが、男はわたしを仰向けにし、馬乗りになった。拘束された手を突き出し反抗しようとするが、察した男が両手を押さえつける。

どんなに押さえつけても。

自由を奪い、たとえ命を奪っても、わたしからひかりを奪うことはできない。

「す──そうやってずっと、澱みの中でし、ぶんをあわれみながら生きればいい」

男の双眸《そうぼう》が揺れる。開いた唇は、静寂の中で同じ問いを繰り返す。

どうして。

どうしてそんな風に生きられる。

「わたしは、ひかりを目、指す。わたしは母親た、から」

男の表情に亀裂が入ったかと思うと、次の瞬間砕け散る。現れたのは泣き出しそうな五歳の子ども。抱いてくれる腕を求め、世界の中心でいたいと願う子ども。そうさせてくれる母親を求め続ける子ども。それは決して叶わぬ望みだと知るからこそ、泣きそうな顔をしている子ども。

押さえつけられていた胸の重みが消える。逃れようと身を捩った時、素早い動きで男が腕を伸ばした。

その手がわたしの首にかけられる。

わたしたちは対峙する。

既に五歳の子どもは消え去り、命を奪おうという手に温もりはない。

三田さんを殺した時、男の目は別人のようだった。ぐるりと回転し、まったく別のものになった。

今、男の目から読み取れるものは迷いだけ。——なぜ迷う？

——俺の苦しみは、赦しにも似た感情はなんだったのか。

男は赦そうとしていた。苦しみもがきながら生きてきた怒りをわたしに向けながら、それでも赦したいと願っていた。

——俺が許せないのはね、成美さん。成美さんが忘れていたことなんだ。

母親を死に追いやった女。後悔しながら生きるべき女。それなのに、わたしは自覚すらなく生きていた。

迷っている。男はわたしを赦すべきか迷っている。

わたしは錘《おもり》のような腕を持ち上げた。

男の、捲り上げたワイシャツの袖口に指先がかかる。

蒼白の男はこめかみに血管を浮き上がらせ、わたしから目を離さない。瞳の中で鈍い光が煌めくと同時に男の手に力が込められる。最期の呼気を求め、喉が空しい音を立てる。

一気に首を絞められ、指先が痙攣するように男の袖口を引く。

酸素の行き届かなくなった身体は重く沈んでいくようだ。

ずっと続いていたオーケストラの演奏がぴたりと止む。代わりに、ザン――ザンと波音が。

ああ、わたしは結局入っていくのだ。初めて海を見たあの時から、目を背け続けていた真実の波はわたしの膝裏に手をかけていた。

「誰か」を傷つけたことを、見て見ないふりをしていただけのわたしをいざなうために。

静かだ。ここはとても静かだ。

ここには三田さんや、ひかりの父親もいるだろうか。ここにいればひかりに会えるだろうか。

――ママ。

ひかりと一緒にいられるのなら、このままでいい。ねえ、ひかり。

――ママ。

もう手を離さないからね、大丈夫だよ。

ずっとずっと一緒にいよう。

──ママ。

白の世界。

いつか見た朱色の鳥。

白の。

──ママ！

ひかりの声に、重い瞼を開ける。

開いた目に飛び込んできたのは。

白いワイシャツの肘部分に子どもの指の大きさの汚れ。

男はいつ見ても同じ服装だった。染み一つない真っ白なワイシャツ。しっかりと下ろした袖口。

作業を始める前に男は袖口を肘まで捲っていた。作業で汚れたはずはない。

お絵描きの大好きなひかり。色鉛筆で彩られた指で袖を引くので、わたしの服の肘部分はいつも汚れていた。

──一緒にお絵描きをしたんだ。

──面会したのは一度だけ。

だとしたら、ひかりは——。

一度だけ。

感覚のなくなった指先が肩紐の下を探る。目当てのものはそこにあった。取り落としそうになりながら握る。ひかりへの道を創る短刀だ。

朦朧とした意識の中で思う。男は再び五歳児に戻ったようだ、と。自分の力ではどうにもできないことを、それでもなんとかしようとしている子どものような顔。必死で、なにかに耐えている顔。首にかけられている力が徐々に弱まっていく。

波打つ視界にその姿を捉えながらわたしは最後の力を振り絞る。

男は初め、なにも感じていないようだった。痛みに飛び上がるでもなく、驚きに目を瞠るでもなく、ごく自然に腕へ視線を動かした。

男の手が離れる。

酸素の大波にわたしが激しく咽せる間、男が再び襲ってくることはなかった。

視界の隅で、男が無表情のまま腕から釘を引き抜くのが見えた。肘と手首の真ん中辺りに丸い血の染みが浮かび上がる。男は、初めて釘を見るような顔付きで抓んだものを見つめ、床に落とした。

男はこちらを見もしない。小刻みに震える手を顔の前に持っていき、手のひらをじっと見ている。

なんとか男の身体の下から這い出ると、わたしは作業台に向かった。何度か振り返ったが、男は手のひらで顔を覆っていた。

縛られた両手を作業台の縁に沿わせると、ペンチのような道具が落ちてきた。足首のバンドに刃をかける。手に力が入らない。何度も握り、ようやく切れた。足首の次は膝にかけられているバンドを。

苦心しながらわたしは立ち上がった。二度と立って歩けないのではないかという心配は杞憂《きゆう》に終わった。

わたしは歩き出す。

男が、もうわたしを捕らえないことはわかっていたが、一度だけ振り返った。

男は壊れた写真立てを手に、覚束《おぼつか》ない足取りでもう一つのドアを目指していた。白の世界を通り、死の箱へ向かうのだろう。あの部屋の天井に走る、太い梁で首をくくるために。

そう思ってもなんの感傷も湧いてこなかった。

ただ一つ、願わくは。
母親の写真に囲まれ息絶えるその最期の時に、男が母親を思い出せますように。
わたしはヒカリを目指す。
わたしのただ一つの希望、生きる理由の元へ。

ひかり

ママはいつもいそがしい。

「はい、パパどうぞ」

ピンク色のお皿に最後のおだんごをのせた時、急にわたしのまわりだけ暗くなる。

空を見上げると、だれかおとなの人が立っていた。

「美味しそうだね」

おじさんが動くと、まわりが明るくなる。

「もらってもいいかな？」

おじさんは、わたしの前にしゃがんで言う。

これはパパのだけど……そう言おうと思ったけど、おじさんがあんまりうれしそうに笑うから、

「どうぞ」

って言う。

「いただきます」

おじさんは「美味しいなあ」とか「中身はあんこかな？」とか言っておだんごを食べるまねをする。

「こんなに美味しいどろだんごを食べるのは初めてだ」

わたしがクスクス笑うと、おじさんも笑う。

「おだんご作るの上手だね。これ、結構むずかしいんだよね」

「そうなの！　お水が少なすぎると固まらないし、多すぎるとドロドロになっちゃうし」

今度はおじさんがクスクス笑う。

「そうだね。丸めた後もヒビが入ったり割れたり、大変なんだよね」

「おじさんもどろだんご作ったことあるの？」

「もちろんあるよ。子どもの頃だけどね」

「おじさんはだれに作ってあげた？」

「誰って？」

「わたしはいつもパパに作ってあげるの」

「パパ――。……ママは？　ママには作ってあげないの？」

「ママはいそがしいから。それに、ママには本当のお料理を作ってあげるの。わたしがもう少し大きくなったらね」

「――そう。ママは毎日いそがしいの？」

「うん。朝おきてから寝るまで、ずっといそがしそう」

「そうなんだ。それって、さみしくない？」

「――どうして？」

おじさんがびっくりしたような顔になる。

「いや……構ってもらえないとさみしいんじゃないかなと思って」

「ずっと一緒にいられるからさみしくないよ。おじさんは？」

「え？」

「おじさんはおじさんのママにかまってもらえなくてさみしいの？」

おじさんはとつぜん悲しそうな顔になった。どうしよう。おじさんが泣いちゃうかもしれない。

「おじさんのママは、ずっと前に死んじゃったんだ。だから――」

「会いたい？」

おじさんが、はっと顔を上げる。

「うん、そうだね……会いたい」

「会えるよ。ママが言ってた。いつか会えるって。そしたら一緒にくらせるんだって。だから、おじさんもいつか会えるよ」

「一緒に暮らせる——か。そうかもね。そうだといいな」

おじさんはちょっとだけ笑った。よかった。

あ、いけない。

おじさんは、急にだまったわたしを見てふしぎそうな顔。

「——もしかして、ママに『知らない人と話しちゃいけません』って言われてるのかな？」

どうしてわかったんだろう！　おじさんはわたしの頭の中をのぞいたのかな。

「おじさんは『知らない人』じゃないよ。おじさんの家はそこだし」

そう言って、おじさんはすぐ近くの家を指さした。

「ご近所さんだ。それに、ママのことはよく知ってる。君のこともね、ひかりちゃん」

「わたしとママのこと、知ってるの？」

おじさんはニコニコ顔。

「ひかりちゃんのママは、おじさんのこと覚えていないかもしれないな。もう、ずっと昔に会ったきりだから。でも、絶対に忘れていないことがあるはずなんだ。それが、ママとおじさんを繋いでる」

おじさんの言ってることはよくわからないけど、わたしはふうん、とうなずく。

どうしようかな、おじさんとお話もしたいけど、お家に帰ったほうがいいかなと思っていたら、犬のさんぽをするおばさんが通る。

「いいねえ、パパとおままごと？」

え！

びっくり顔のおじさんと目が合う。

「寒いから、風邪ひかないようにね――あ、こら、タロウ」

おっきなモフモフしたタロウが、わたしのそばへやってきてクンクンにおいをかいでる。

「タロウ、やめなさい」

ほっぺたに、でろんとあったかい感触。タロウは、わたしのほっぺを何度もなめる。

「タロウ！」

わたしはモフモフに手をつっこんでぎゅっとする。タロウがうれしそうにしっぽをふる。

「ごめんね、いつもこうなの」

タロウはあったかい。いいなあ、かわいいなあ。

タロウがぶるっとしたから、わたしは手をはなす。そしたら、今度はおじさんのところへとびついた。おじさんはびっくりしてしりもちをついた。おばさんがあやまるけど、おじさんはだいじょうぶだいじょうぶって言う。タロウって大きい！　おじさんがすっかりかくれちゃった。

「ごはんできたよー」

ママだ。かいだんのところから顔を出して、わたしを呼んでる。犬のおばさんに頭を下げて、おばさんもママに頭を下げてる。

「すぐ行くー！」

ママの顔が引っ込む。お家に入ったみたい。

「くすぐったいよ」

おじさんがタロウの下から顔を出す。

「ほんとにすみません。おじょうちゃんもごめんね。タロウ、おじょうちゃんのこともパパのことも好きみたい」

またおじさんと目が合う。今度は二人で笑った。わたしたち、親子みたいに見えるんだ。

「二人とも犬が好きなので大歓迎ですよ。ね」

おじさんがウインクする。わたしは笑いながらうなずく。

「それじゃあ」

おばさんが行こうとしたら、とつぜんタロウが後ろあしで立ち上がった。立ち上がったタロウはわたしよりずっと大きい。

「きゃ――」

タロウの大きな体がかぶさってくると思ってわたしはぎゅっと目を閉じた。

「よしよし」

おじさんの声に目を開けると、おじさんがタロウをだきとめてた。わたしをかばうみたいに。

「ああ、よかった。本当にすみませんでした」

おばさんはヒモをうんと短く持って、何度も頭を下げた。おじさんがわたしの頭におっきな手をのせる。

「大丈夫ですよ」

おじさんの手はあったかい。タロウよりもあったかい。

――パパとおままごと？

――パパと――。

ちがうけど、にせものだけど、はじめてわたしにパパができた。

おじさんは、タロウが見えなくなるまで一緒にいてくれた。

パパがいたら、こんな感じかな。

「おじさんはね、家でお仕事をしているんだけど……丁度、仕事部屋の窓からこの団地がよく見えるんだ。ほら、あの窓」

おじさんの言う窓は、ちっちゃい公園からもよく見える。

「あの窓のところに、お人形を置いてあげる」

「お人形？」

「うん。ひかりちゃん、ここでよく遊ぶのかな？ ママがいなくても平気みたいだけど、お友だちがいたらきっと楽しいよ。おじさんが、友だちを作ってあげる」

「友だち？」

「うん。ピンク色の、小さなお人形。友だちがそばにいたらさみしくないだろう？」

「うん」

それってなんだかとっても楽しそう。

おじさんは、もう一度わたしの頭に手をのせた。

「ただいま」

「おかえりなさい。大きな犬だったね」

「うん。タロウっていうんだって」

「タロウは飼い主さんのことが大好きなのね」

「え？」

ママはお皿をテーブルに置く。

「だって、飼い主の人に飛びついてたじゃない」

おじさんのことだ。

「ご夫婦か親子かわからないけど、二人で犬の散歩なんていいわねえ」

知らない人に話しかけられたらママに教えてねって言われてる。

でも。

たたみの部屋へ行く。写真の中のパパが、悲しそうな顔をしたように見えた。

おじさんのこと、パパみたいって思っちゃったからかな。ママにおじさんのこと話したら、ママも悲しくなるかもしれない。きっとそうだ。だって――。

わたし、気付いてるんだ。

保育園で、うんどう会で、おゆうぎ会で、パパがいる家族の横を通りすぎる時、ママがつないだ手をギュッとにぎること。

知ってるんだ。

ママが夜、時々泣いてること。そんな時、わたしはなんにもできなくて、寝てるふりをする。そういう時は、早くおとなになりたいって思う。

おとなになったらいっぱいはたらいて、お金持ちになって、ママに好きなお洋服を買ってあげる。美よう室にも行って、かわいいかみ型にしてもらう。『もりた』に行って、食べきれないくらいのケーキも買う。それから、お家もたてるんだ。ママと、ずっとずっと一緒にいられるように。

「ひかりー」

ママが呼んでる。

やっぱり、おじさんのことは言わないでおこう。

「どうかした？」

ママがフライパンを持ったまま、たたみの部屋に来る。

「なんでもない」

ママは目をぱちくり。

わたしはママに抱きついた。

「ちょっとひかり、あぶな――」

「ママ」

「――なあに？」

「だいすき」

なんにもおいてない。おじさん、わすれちゃったのかな。楽しみにしてたのにな。

あ！

窓のところにおじさんが出てきた。おじさんは前の時みたいにうれしそうに笑ってる。ちっちゃくちっちっちゃく手をふってくれる。わたしもまねしてちっちゃく手をふり返す。

おじさんが消えた。と思ったら、ぴょこんと小さなお人形が出てきた！　わたしはおじさんの家の近くまで行く。

ウサギさんだ。二ひきいる！　ぴょんぴょんはねて、こっちを向いてすわった。かわいい！　それに、友だちが近くにいるっていうだけで、一緒にあそんでるみたいな気持ちになるし、なんだかとっても安心する。

――おじさん、気付いていたのかな。

ちっちゃい公園であそんでる時、わたしがほんとはさみしいってこと。

それからも、おじさんは新しい友だちを窓のところへ置いてくれた。

お友だちがふえる。

わたしは友だちに会いに行きたいな、と思う。それに、おじさんとまた一緒にあそびたい。

でもそれって、ママと、天国のパパに悪いかな。

そうだ！　おじさんとお友だちになればいいんだ。でも、お人形のこともおじさんのこともパパとママにはひみつ。だって、それを知ったら、きっとさみしい気持ちになるだろうから。

わたしとおじさんは、ひみつの友だちだ。

家にあそびに行ったら、おじさんはとってもおどろいてた。何回も「ここへ来ちゃだめだよ。危ないし、ママが心配するからね」って言った。

わたしは泣きそうになった。あそびに行ったらおじさんがよろこんでくれると思ったから。わたしが、おじさんはひみつの友だちなのにって言ったら、困ったみたいに笑った。

おじさんは「今日だけだよ」って言って、友だちを一緒に作ってくれた。すぐ形にしないと固まっちゃうふしぎなねんど。おそば屋さんの犬を作ろうと思うけど、なかなか上手にできない。まあまあ気に入った一つをそっとポケットに入れる。

机の上に写真立てが二つかざられてる。わたしがそれをじっと見ていると、

「これが、おじさんのママ」

って言った。

きれいな女の人とわたしくらいの男の子がほっぺをくっつけ合って笑っている写真。

「これはひかりちゃんのママだよ」

おじさんが指さした。

「ママ？」

その子は、赤いランドセルを背負ってなんだかおこってるみたいな顔。

「どうしておこってるの？」

「──なんでかな」

「こっちはおじさん？」

どうしてか、おじさんはさみしそうにうなずいた。

写真の中の男の子は、この時なにかいいことでもあったのかな。とってもうれしそうに笑ってる。

ママとおじさんは友だちなんだ！　それなら今度、三人であそべるかもしれない。

でも、ママが気付くまで言うのはよそう。

ママがおじさんに気付いたら、その時はきっと。

目がさめてからママはずっといない。

お絵かきのあとおじさんは、おじさんのママに会いに行くんだって言った。

あれ？　おじさんのママは――。

ママに会いたい。はやくおうちに帰りたい。

いい子にしなくちゃいけない。だってママはいそがしいから。おじさんが帰ったあとからキーホルダーがみつからない。なくしたって言ったらおこられるかな。

でも会いたい。

とってもとっても会いたい。

おとなりのおばあちゃんにも会いたい。また会いにきてくれないかな。

ママが来たら、今度おばあちゃんの家へ泊まりに行ってもいいか聞いてみよう。きなこのおもち、また作ってくれるかな。

ママに会いたい。ぎゅってしてほしい。手をつないで寝たい。

……くまちゃんのケーキ、どうしたかな？

ママに会いたい。

ママ。

「あ、ママ!」

謝　辞

本作の執筆にあたり、
滝沢歯科医院滝澤隆院長にご助言いただきました。
ご協力ありがとうございました。

神津凛子

本書は二〇二〇年一月に小社より単行本として刊行されたものです。

|著者|神津凛子　1979年長野県生まれ。2018年、『スイート・マイホーム』で第13回小説現代長編新人賞を受賞し、デビュー。同作は主演に窪田正孝をむかえ、齊藤工監督で映画化が決定している。他著に『サイレント　黙認』がある。

ママ

神津凛子《かみづりんこ》

講談社文庫
定価はカバーに
表示してあります

2022年3月15日第1刷発行

KODANSHA

発行者――鈴木章一
発行所――株式会社　講談社
東京都文京区音羽2-12-21　〒112-8001
電話　出版　(03) 5395-3510
　　　販売　(03) 5395-5817
　　　業務　(03) 5395-3615

Printed in Japan

デザイン―菊地信義
本文データ制作―講談社デジタル製作
印刷―――中央精版印刷株式会社
製本―――中央精版印刷株式会社

ISBN978-4-06-526731-8

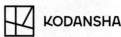

講談社文庫刊行の辞

二十一世紀の到来を目睫に望みながら、われわれはいま、人類史上かつて例を見ない巨大な転換期をむかえようとしている。

世界も、日本も、激動の予兆に対する期待とおののきを内に蔵して、未知の時代に歩み入ろうとしている。このときにあたり、創業の人野間清治の「ナショナル・エデュケイター」への志を現代に甦らせようと意図して、われわれはここに古今の文芸作品はいうまでもなく、ひろく人文・社会・自然の諸科学から東西の名著を網羅する、新しい綜合文庫の発刊を決意した。

激動の転換期はまた断絶の時代である。われわれは戦後二十五年間の出版文化のありかたへの深い反省をこめて、この断絶の時代にあえて人間的な持続を求めようとする。いたずらに浮薄な商業主義のあだ花を追い求めることなく、長期にわたって良書に生命をあたえようとつとめるところにしか、今後の出版文化の真の繁栄はあり得ないと信じるからである。

同時にわれわれはこの綜合文庫の刊行を通じて、人文・社会・自然の諸科学が、結局人間の学にほかならないことを立証しようと願っている。かつて知識とは、「汝自身を知る」ことにつきていた。現代社会の瑣末な情報の氾濫のなかから、力強い知識の源泉を掘り起し、技術文明のただなかに、生きた人間の姿を復活させること。それこそわれわれの切なる希求である。

われわれは権威に盲従せず、俗流に媚びることなく、渾然一体となって日本の「草の根」をかたちづくる若く新しい世代の人々に、心をこめてこの新しい綜合文庫をおくり届けたい。それは知識の泉であるとともに感受性のふるさとであり、もっとも有機的に組織され、社会に開かれた万人のための大学をめざしている。大方の支援と協力を衷心より切望してやまない。

一九七一年七月

野間省一

講談社文庫 最新刊

ルシア・ベルリン
岸本佐知子 訳
掃除婦のための手引き書
〈――ルシア・ベルリン作品集〉
死後十年を経て「再発見」された作家の、奇跡の文学。大反響を呼んだ初邦訳集が文庫化。

佐々木裕一
決 着 の 闘《とき》
〈公家武者 信平《のぶひら》(十二)〉
急転！ 京の魑魅《すだま》・銭才《せんさい》により将軍が囚われた。巨魁と信平の一大決戦篇、ついに決着！

神津凛子
マ マ
目を覚ますと手足を縛られ監禁されていた！シングルマザーを襲う戦慄のパニックホラー！

京極夏彦
文庫版 **地獄の楽しみ方**
あらゆる争いは言葉の行き違い――。地獄のようなこの世を生き抜く「言葉」徹底講座。

島本理生
夜はおしまい
誰か、私を遠くに連れていって――。女の「生」と「性」を描いた、直木賞作家の真骨頂。

瀬戸内寂聴
97歳の悩み相談
97歳にして現役作家で僧侶の著者が、若い世代の悩みに答える、幸福に生きるための知恵。

中村天風
叡智のひびき
〈天風哲人箴言注釈《しんげんちゅうしゃく》〉
『運命を拓く』で注目の著者の、生命《いのち》あるメッセージがほとばしる、新たな人生哲学の書！

ラトナ・サリ・デヴィ・スカルノ
選ばれる女におなりなさい
〈デヴィ夫人の婚活論〉
運命の恋をして、日本人でただ一人、海外の国家元首の妻となったデヴィ夫人の婚活術。

森 博嗣
アンチ整理術
〈Anti-Organizing Life〉
ものは散らかっているが、生き方は散らかっていない人気作家の創造的思考と価値観。

講談社文庫 最新刊

風野真知雄 岡本さとる ほか
五分後にホロリと江戸人情
下町の長屋に集う住人からにじみ出る人情絵巻を、七人の時代小説家が描く掌編競作。

西村京太郎
午後の脅迫者〈新装版〉
人間の心に魔が差す瞬間を巧みに捉え、ミステリーに仕上げた切れ味するどい作品集。

ビートたけし
浅草キッド
フランス座に入門、深見千三郎に弟子入り、そして漫才デビューへ。甘く苦い青春小説。

佐藤 優
人生のサバイバル力
なぜ勉強するのか、歴史から何を学ぶか、これからをどう生きるか。碩学《せきがく》が真摯に答える！

堀川アサコ
幻想遊園地
恋多き元幽霊、真理子さんに舞い込んだ謎。あの世とこの世を繋ぐ大人気シリーズ最新作。

入月英一
信長と征《ゆ》く 1・2〈転生商人の天下取り〉
21世紀から信長の時代へ転生した商人が、銭の力と現代の知識で戦国日本制覇を狙う！

遠藤 遼
平安姫君の随筆がかり 二〈清少納言と恋多き女房〉
謎解きで宮中の闇もしきたりも蹴っ飛ばせ。そんな過激な女房・清少納言に流刑の危機が!?

講談社タイガ

如月新一
あくまでも探偵は〈もう助手はいない〉
悪魔か探偵か。二面性をもつ天才高校生に爆弾犯容疑がかけられた！ ネタバレ厳禁ミステリー！

友麻 碧
水《み》無《な》月《づき》家《け》の許嫁《いいなずけ》〈十六歳の誕生日、本家の当主が迎えに来ました。〉
「僕とあなたは〝許嫁《いいなずけ》〟の関係にあるのです」。天女の血に翻弄《ほんろう》される二人の和風婚姻譚。

講談社文芸文庫

柄谷行人

柄谷行人対話篇Ⅱ 1984－88

精神医学、免疫学、経済学、文学、思想史学……生きていくうえでの多岐にわたる関心に導かれるようになされた対話。知的な刺戟に満ちた思考と言葉が行き交う。

かB19

978-4-06-527376-0

柄谷行人

柄谷行人対話篇Ⅰ 1970－83

デビュー以来、様々な領域で対話を繰り返し、思考を深化させた柄谷行人の対談集。第一弾は、吉本隆明、中村雄二郎、安岡章太郎、寺山修司、丸山圭三郎、森敦、中沢新一。

かB18

978-4-06-522856-2

講談社文庫　目録

講談社文庫　目録

京極夏彦　分冊文庫版　絡新婦《じょろうぐも》の理《ことわり》　全四巻
京極夏彦　分冊文庫版　塗仏《ぬりぼとけ》の宴《うたげ》　宴の支度《したく》(上)(中)(下)
京極夏彦　分冊文庫版　塗仏《ぬりぼとけ》の宴《うたげ》　宴の始末《しまつ》(上)(中)(下)
京極夏彦　分冊文庫版　陰摩羅鬼《おんもらき》の瑕《きず》(上)(中)(下)
京極夏彦　分冊文庫版　邪魅《じゃみ》の雫(上)(中)(下)
京極夏彦　分冊文庫版　ルー＝ガルー〈忌避すべき狼〉(上)(下)
京極夏彦　分冊文庫版　ルー＝ガルー2〈インクブス×スクブス　相容れぬ夢魔〉(上)(下)
北森鴻　親不孝通りラプソディー
北森鴻　花の下にて春死なむ〈香菜里屋シリーズ1〈新装版〉〉
北森鴻　桜宵〈香菜里屋シリーズ2〈新装版〉〉
北森鴻　螢坂〈香菜里屋シリーズ3〈新装版〉〉
北森鴻　香菜里屋を知っていますか〈香菜里屋シリーズ4〈新装版〉〉
北村薫　野球の国のアリス
北村薫　盤上の敵〈新装版〉
木内一裕　藁の楯
木内一裕　水の中の犬
木内一裕　アウト&アウト
木内一裕　キッド
木内一裕　デッドボール
木内一裕　神様の贈り物
木内一裕　喧嘩猿
木内一裕　バードドッグ
木内一裕　不愉快犯
木内一裕　嘘ですけど、なにか？
木内一裕　ドッグレース
木内一裕　飛べないカラス
北山猛邦　『クロック城』殺人事件
北山猛邦　『瑠璃城』殺人事件
北山猛邦　『アリス・ミラー城』殺人事件
北山猛邦　『ギロチン城』殺人事件
北山猛邦　私たちが星座を盗んだ理由
北山猛邦　さかさま少女のためのピアノソナタ
北康利　白洲次郎　占領を背負った男(上)(下)
北康利　福沢諭吉　国を支えて国を頼らず(上)(下)
貴志祐介　新世界より(上)(中)(下)
北原みのり　木嶋佳苗100日裁判傍聴記〈佐藤優対談収録完全版〉
岸本佐知子 編訳　変《ヘン》愛《アイ》小説集
岸本佐知子 編　変愛小説集　日本作家編
木原浩勝　文庫版　現世《うつしよ》怪談(一)　主人の帰り
木原浩勝　文庫版　現世怪談(二)　白刃の盾
木原浩勝　増補改訂版　もう一つの「バルス」〈―宮崎駿と「天空の城ラピュタ」の時代―〉
喜国雅彦 国樹由香　メフィストの漫画
喜国雅彦 国樹由香　本格力〈本棚探偵のミステリ・ブックガイド〉
清武英利　石つぶて〈警視庁　二課刑事の残したもの〉
清武英利　しんがり〈山一證券　最後の12人〉
清武英利　トッカイ〈不良債権特別回収部〉
喜多喜久　ビギナーズ・ラボ
黒岩重吾　新装版　古代史への旅
栗本薫　新装版　紘《いと》の聖域
栗本薫　新装版　ぼくらの時代
黒柳徹子　窓ぎわのトットちゃん　新組版
倉知淳　新装版　星降り山荘の殺人
倉知淳　シュークリーム・パニック
熊谷達也　浜の甚兵衛
倉阪鬼一郎　大江戸秘脚便
倉阪鬼一郎　娘飛脚を救え〈大江戸秘脚便〉
倉阪鬼一郎　開運十社巡り〈大江戸秘脚便〉

講談社文庫 目録

講談社文庫　目録

五味太郎　大人問題
鴻上尚史　あなたの魅力を演出するちょっとしたヒント
鴻上尚史　鴻上尚史の俳優入門
鴻上尚史　青空に飛ぶ
小泉武夫　納豆の快楽
近藤史人　藤田嗣治「異邦人」の生涯
小前　亮　趙《ちょう》匡《きょう》胤《いん》〈宋の太祖〉
小前　亮　賢帝と逆臣と〈康熙《こうき》帝《てい》と三藩の乱〉
小前　亮　始皇帝の永遠〈天下一統〉
小前　亮　劉《りゅう》裕《ゆう》〈豪剣の皇帝〉
香月日輪　妖怪アパートの幽雅な日常①
香月日輪　妖怪アパートの幽雅な日常②
香月日輪　妖怪アパートの幽雅な日常③
香月日輪　妖怪アパートの幽雅な日常④
香月日輪　妖怪アパートの幽雅な日常⑤
香月日輪　妖怪アパートの幽雅な日常⑥
香月日輪　妖怪アパートの幽雅な日常⑦
香月日輪　妖怪アパートの幽雅な日常⑧
香月日輪　妖怪アパートの幽雅な日常⑨
香月日輪　妖怪アパートの幽雅な日常⑩
香月日輪　妖怪アパートの幽雅な食卓〈るり子さんのお料理日記〉
香月日輪　妖怪アパートの幽雅な人々〈妖アパミニガイド〉
香月日輪　妖怪アパートの幽雅な日常〈ラスベガス外伝〉
香月日輪　大江戸妖怪かわら版①〈異界より落ち来る者あり〉
香月日輪　大江戸妖怪かわら版②〈異界より落ち来る者あり　其之二〉
香月日輪　大江戸妖怪かわら版③〈封印の娘〉
香月日輪　大江戸妖怪かわら版④〈天空の竜宮城〉
香月日輪　大江戸妖怪かわら版⑤〈雀、大浪花に行く〉
香月日輪　大江戸妖怪かわら版⑥〈魔狼、月に吠える〉
香月日輪　大江戸妖怪かわら版⑦〈大江戸散歩〉
香月日輪　地獄堂霊界通信①
香月日輪　地獄堂霊界通信②
香月日輪　地獄堂霊界通信③
香月日輪　地獄堂霊界通信④
香月日輪　地獄堂霊界通信⑤
香月日輪　地獄堂霊界通信⑥
香月日輪　地獄堂霊界通信⑦
香月日輪　地獄堂霊界通信⑧
香月日輪　ファンム・アレース①
香月日輪　ファンム・アレース②
香月日輪　ファンム・アレース③
香月日輪　ファンム・アレース④
香月日輪　ファンム・アレース⑤(上)(下)
近衛龍春　加藤清正〈豊臣家に捧げた生涯〉
木原音瀬《このはらなりせ》　箱の中
木原音瀬　美しいこと
木原音瀬　秘密
木原音瀬　嫌な奴
木原音瀬　罪の名前
近藤史恵　私の命はあなたの命より軽い
小泉　凡　怪談四代記〈八雲のいたずら〉
小松エメル　夢の燈《ほ》影《かげ》〈新選組無名録〉
小松エメル　総司の夢
小島　環 原作 / あなしん 脚本 / おかざきさとこ 小説　春待つ僕ら
呉　勝浩　道徳の時間
呉　勝浩　ロスト
呉　勝浩　蜃気楼の犬

講談社文庫　目録

2021年12月15日現在